W0384747

COLLECTION
FOLIO / THÉÂTRE

Jacques Audiberti

Le mal court

Édition présentée,
établie et annotée
par Jeanyves Guérin
Professeur à l'Université
de Marne La Vallée

En hommage

Gallimard

© *Éditions Gallimard,*
1948, pour Le Mal court,
1996, pour la préface et le dossier.

PRÉFACE

La scène est devenue sous l'Occupation un lieu où la notoriété s'acquiert ou se conforte. Les années noires ont été fastes pour le théâtre français, qui ont vu la création du Soulier de satin, *de* La Reine morte, *des* Mouches, *d'*Antigone *et du* Malentendu. *Le souci officiel d'un « redressement intellectuel et moral » a joué en faveur du théâtre d'art, tandis que le théâtre commercial était, par la propagande du régime, associé à une IIIe République individualiste, décadente et enjuivée. Mais si Claudel, Montherlant et quelques autres ont redonné du lustre à la scène, celle-ci n'est pas encore encombrée. La mort de Giraudoux et de Bourdet, la disgrâce des Henry Bernstein, Steve Passeur, Jean Sarment et même Jules Romains laissent de nombreuses places libres. Le Boulevard ne trouve pas son second souffle. Des opportunités d'émergence et de consécration s'offrent.*

Des salles s'ouvrent alors, qui sont vouées à la création d'œuvres nouvelles. Il y avait les théâtres de l'Œuvre, du Vieux-Colombier, de l'Athénée, de l'Atelier et des Mathurins ; s'y ajoutent les théâtres de Poche, de la Huchette, du Quartier Latin, des Noctambules, etc. Ces petites salles de la rive gauche sont incommodes — Camus les appelait des « pissotières » —, elles offrent un espace « off », pauvre et marginal de liberté aux enfants du Cartel. André Reybaz et Catherine Toth, Georges Vitaly, Jean-Marie Serreau s'adressent à un public de connaisseurs et d'étudiants. Ces jeunes aventuriers fous de poésie et de littérature sont prêts à prendre des risques en montant des pièces d'auteurs peu connus qui rompent avec les normes esthétiques et thématiques dominantes. Ils ont peu de moyens. Ils bricolent des décors et des costumes avec trois fois rien. L'exiguïté des plateaux interdit les effets spectaculaires et concentre l'intérêt du spectateur sur les acteurs et sur le verbe.

« Dans les petits théâtres, écrit alors Audiberti, le spectateur paie davantage de sa personne que dans les grands. Dans les grands théâtres, le spectateur est soumis, pour commencer, à la légère narcose que procurent de concert le confort des fauteuils et le luxe approprié des costumes et des décors. Dans les petits théâtres, c'est différent. Tout le monde participe (...). Les acteurs des grands théâtres disposent en scène d'une perspective à trois dimensions qui se confond avec celle de l'espace quotidien. Ils peuvent marcher, courir. Ceux des petits théâtres font du surplace, comme des cyclistes de music-hall. Ils pédalent à blanc. Leurs enjambées font trois centimètres[1]. »

Sartre et Camus montrent à leurs aînés et cadets le chemin des scènes. Dans un premier temps, le succès de Huis clos *et de* Caligula *semble signifier que l'heure est à un théâtre sérieux. Quelques-uns le redoutent, car les pièces à thèse ont laissé un mauvais souvenir. Il n'y en a pas pourtant que pour les philosophes. Des romanciers et des poètes, chevronnés ou novices, vont, comme eux, tenter leur chance comme dramaturges : François Mauriac d'abord, puis Jean Genet, Jean Tardieu, Marcel Aymé, Emmanuel Roblès, Georges Schehadé, Julien Green.*

1. Audiberti, « Grands et petits théâtres », *La Revue théâtrale*, n° 7, avril-mai 1948, p. 25-26.

Des débuts tardifs

Audiberti est le premier à s'inscrire dans cette conjoncture. Il a quarante-cinq ans à la Libération. Notons cette coïncidence : c'est à peu près au même âge que Giraudoux a écrit Siegfried. *Quelquefois la valeur attend le nombre des années. Il vit mal de sa plume depuis qu'en 1940, il a quitté* Le Petit Parisien *où il était reporter. Quelques* happy few, *généralement abonnés à* La Nouvelle Revue Française, *connaissent son nom. En quinze ans, il a publié quatre recueils de vers, six romans et même une pièce,* L'Ampélour. *Il en a une autre en réserve,* La Bête noire, *qui deviendra* La Fête noire, *le premier titre ayant déjà été utilisé. Mais il ne dispose, avant 1945, d'aucun accès à des metteurs en scène. De nombreux manuscrits refusés par les éditeurs attendent dans ses tiroirs. Comme il a du mal à trouver sa place dans une presse chamboulée, il tente sa chance et, comme on envoie une bouteille à la mer, il écrit un « poème dialogué », qui, à peine publié, séduit Catherine Toth et André Reybaz. En janvier 1946, leur compagnie du Myrmidon met* Quoat-Quoat *à l'affiche du théâtre Agnès Capri.*

La pièce vaut plus par son écriture que par sa théâtralité. La fable apparaît passablement confuse. Les signifiés les plus divers s'entrelacent. Tout y passe, le complexe d'Électre et le mythe d'Adam, le Mexique d'Artaud, l'arbitraire de Kafka et le monde de Jules Verne. Le spectacle tient l'affiche quelques semaines devant des publics clairsemés. On est tenté a posteriori *de voir dans cette création presque confidentielle le coup d'essai du Nouveau Théâtre. Ce n'est assurément pas un coup de maître. Quelques critiques clairvoyants saluent néanmoins l'émergence d'un nouvel auteur.*

Parmi eux, il y a l'influent Gabriel Marcel, qui écrit dans Les Nouvelles littéraires *: « M. Audiberti, à condition de se restreindre et de se discipliner quelque peu, pourrait écrire un jour la tragi-comédie de grand style que notre époque appelle et que les existentialistes, bien trop prisonniers de leur doctrine, ne semblent guère pouvoir nous donner. »*

L'écrivain a eu un premier contact heureux avec la société théâtrale. Il aime trouver sur un plateau une preuve de son pouvoir démiurgique. Il prend plaisir à voir ses fantasmes incarnés, ses mots portés par des êtres de chair. Il admet que mis en scène, son texte lui échappe. Les comédiens désormais vont faire partie de son univers imaginaire, sinon de sa vie. On en trouve ainsi dans Le Victorieux, *roman écrit en 1946, puis dans* Les Jardins et les Fleuves.

Encouragé, le néophyte se prend au jeu. Il écrit aussitôt Le mal court. *Il déclare après coup à Georges Charbonnier avoir composé cette pièce « en état de transe ». « J'ai dû l'écrire en deux heures. Sur un cahier de papier quadrillé. Cette pièce m'attendait. Elle était prête. Elle était faite. Il n'y a rien eu à retoucher ou à raturer relativement à la dictée qui me venait je ne sais d'où. Cela a été une impulsion mécanique : le crayon, le papier quadrillé, et en avant ! On frappe à la porte, une jeune princesse demande : " Qui est là ? " ; derrière la porte, une voix répond : " C'est le roi. " Je ne savais pas une seconde qui serait cette princesse, le roi. Je n'ai commencé à le savoir qu'une fois écrit l'acte suivant[1]. »*

La consultation des manuscrits incite à nuancer cette confidence. S'il est une pièce d'Audiberti qui semble avoir été méditée, organisée, c'est bien celle-ci. Mais une chose est cer-

1. Audiberti, *Entretiens avec Georges Charbonnier*, Gallimard, coll. Blanche, 1965, p. 104.

taine : l'autodidacte qu'il est a travaillé en poète étranger à la tradition théâtrale, donc libre par rapport à elle. Les critiques ont souvent évoqué les comédies de Musset ou le théâtre de Giraudoux. Les influences, les modèles ou les sources du Mal court *sont ailleurs. L'écrivain fond des éléments hétéroclites que lui fournissent sa culture historique, littéraire et cinématographique. Dans sa pièce certains ont vu ainsi passer des souvenirs de* Fantasio, *de* La Petite Catherine *d'Alfred Savoir, de l'*Antigone *d'Anouilh et du* Caligula *de Camus, mais aussi et surtout de* L'Impératrice rouge *de Joseph Von Sternberg et de* La Reine Christine *de Ruben Mamoulian. Les rapprochements les plus ingénieux sont aussi les plus fragiles. Audiberti ne doit à peu près rien qu'à lui-même.*

Il prend son bien où il le trouve, dans le mélodrame, dans l'opéra et l'opéra-bouffe, dans le vaudeville, dans le cinéma, dans le roman-feuilleton, dans la littérature policière, dans la science-fiction, dans l'épopée, etc. Son inspiration va et vient d'un genre à l'autre. Il ne cesse de pirater, de braconner tout ce qui se trouve à sa portée, l'actualité, la culture, les religions. Hésitant entre tradition et invention, il puise à tous les répertoires, il emprunte à toutes les esthétiques disponibles. Rien de ce qu'il touche et s'approprie ne reste intact.

Une pièce bien construite

Délibérément à contre-courant de son siècle, Audiberti poète s'impose les « chaînes volontaires[1] *» de la prosodie et de la rhétorique classiques. Très tôt le créateur de fictions ne se sent pas à l'aise dans les limites d'un genre. D'où chez*

1. Paul Valéry, « À propos d'Adonis », *Variété 1 et 2*, Gallimard, coll. Idées, 1978, p. 57.

lui une constante tentation de l'écriture transgénérique. L'Opéra du monde *est ainsi un « roman en neuf actes »,* La Beauté de l'amour *un « roman en vers ». Le romancier répugne aux disciplines de la* diégésis *comme de la* mimésis. *Il a longtemps eu un médiocre souci et de l'intrigue linéaire et de la vraisemblance. Des épisodes saugrenus et des péripéties rocambolesques sapent parfois une fable déjà fragile. L'architecte s'efface devant l'inspiré. Audiberti ne souhaite pas donner à ses romans une organisation classique. C'est pourquoi il peine à terminer ses récits dont la trame finit par se disloquer sous le poids des digressions lyriques et des obsessions. Presque toutes ses fictions romanesques — il y a des exceptions :* Abraxas, Le Maître de Milan, La Poupée — *ont quelque chose d'inachevé. Paulhan et Larbaud le lui ont assez reproché.*

« Audiberti, écrit Jean Duvignaud, ne crée pas de personnages à proprement parler, il poursuit un rêve d'obsédé[1]. *» Michel dans* La Nâ, *Damase Scrounel dans* Monorail, *Loup-Clair dans* Marie Dubois — *sont principalement des porte-voix, des vecteurs interchangeables de ses angoisses et de ses obsessions. Il y a l'homme et la femme ; un couple signifie tous les couples. De* La Nâ *à* Talent, *l'autobiographie parasite la fiction. Le seul personnage d'Audiberti, on l'a compris, c'est lui-même.*

Le lecteur a d'autant plus de mal à s'y retrouver que le souci de la construction, essentiel pour Queneau et les auteurs du Nouveau Roman, est second chez un auteur, qui lui préfère le chant. Ses histoires, il les raconte en désordre. Les jeux verbaux détournent l'attention du récit vers l'écri-

1. Jean Duvignaud, compte rendu du roman *Les Jardins et les Fleuves, La Nouvelle NRF,* février 1954, p. 1099.

ture. C'est ainsi qu'Audiberti pratique la poésie de roman. Quoat-Quoat *émarge à la même esthétique. On comprend pourquoi la mayonnaise, pour utiliser une métaphore audibertienne, a eu du mal à prendre. L'inflation des signes, l'excès « baroque », quand il n'est pas organisé (comme dans* Le Soulier de satin*), passe généralement pour un défaut. La dramaturgie fantaisiste ou mieux encore « carnavalesque » d'Audiberti embarrasse les critiques académiques, comme elle irritera ensuite les critiques partisans. Les uns et les autres sont, pour des raisons divergentes, attachés au sens centralisé. Or, malgré les surréalistes et quelques autres, les écrivains, les critiques, les lecteurs et les spectateurs du* XX*e* *siècle persistent à tenir l'inachèvement pour une déficience rédhibitoire. Ce qui est, à la rigueur possible, dans un roman, ne l'est plus au théâtre.*

Le mal court *montre qu'Audiberti a assimilé rapidement son métier de dramaturge. Il écoute ses metteurs en scène et laisse le champ libre aux décorateurs. Il n'entend pas, à la différence d'un Ionesco, contrôler la représentation. Ses didascalies sont laconiques voire désinvoltes. « Le lieutenant, écrit-il ainsi, appartient à l'armée courtelandaise dont il porte l'uniforme. » En 1947, il se montre réceptif aux demandes de Vitaly. Ce ne sera pas toujours le cas. Au poète, déclare-t-il comme à regret à Georges Charbonnier, s'est ensuite « enchevêtré*[1] *» le metteur en scène. Le poète avoue ainsi qu'il a dû se faire violence pour prendre en compte l'impératif de la représentation.*

La pièce est adroitement construite, elle s'appuie sur un petit nombre de personnages individualisés, même quand ils sont réduits à l'état de fantoches. Elle comporte une action

1. Audiberti, *op. cit.*, p. 107.

résumable et un dénouement. La cohésion est nette entre l'intrigue et sa trame philosophique. Aucune péripétie ne fait diversion. Le dramaturge néophyte a composé, comme un vieux routier, avec les unités de temps, de lieu et d'action. Il a su ménager des quiproquos et des coups de théâtre et a habilement joué avec les accessoires conventionnels que sont le lit, le paravent et la porte. Le spectateur est mystifié comme l'est Alarica. Il faut attendre les derniers instants de la pièce pour qu'il ait en sa possession tous les éléments de la vérité.

Une thèse « bricolée »

L'heure est, en 1945, à la littérature d'idées préconisée par Sartre sous le nom de littérature engagée. L'existentialisme triomphe-t-il, Audiberti bricole son « abhumanisme ». Il a trouvé le mot chez l'écrivain italien Benjamino Joppolo. Il s'en saisit et en fait le porte-drapeau de ses obsessions. L'homme, répète-t-il, vient de se comporter comme une bête meurtrière. Il n'est pas au centre de l'univers. L'humanisme est une mystification. Il se fracasse contre la souffrance et la mort qui sont le lot des êtres incarnés.

L'Histoire, qui se fait alors envahissante, donne le vertige à Audiberti. Il semble traverser son époque comme un moderne Huron. Ses opinions sont parfois floues et changeantes, mais modérées. Ses innombrables écrits de circonstance montrent qu'il n'a rien d'un extrémiste. Journaliste au Petit Parisien, *il s'y est longtemps occupé des faits divers. Les rares fois où il lui est donné d'approcher de l'événement, il se montre badaud. Ses lettres à Paulhan et à Drieu la Rochelle le montrent enfermé dans ses préoccupations et dépourvu de toute perception globale de la situation historique. Son scepticisme et sa distraction lui ont sûrement évité de dangereux écarts. S'il tire une leçon de la guerre et de l'Occupation, c'est que mieux vaut pour un écrivain ne pas trop se mêler de politique. Il a été frappé par la mort quasi simultanée de ses amis Drieu la Rochelle et Desnos, victimes de choix civiques opposés.*

L'école des reines

Le mal court *est une pièce en trois actes, dont deux enchaînés. Audiberti a choisi clairement l'esthétique de la continuité. La composition apparaît des plus classiques. On repère une exposition, un nœud, des péripéties et un dénouement. La fable est simple, concentrée et harmonisée : une naïve princesse, victime de politiciens cyniques, découvre la réalité du mal que ses proches lui avaient cachée et décide d'entrer dans la ronde. Puisque le mal court, elle décide de l'accomplir lucidement afin de l'épuiser.*

À suivre ainsi la lecture suggérée par son auteur, la pièce se colore assurément de significations morales, sociales et politiques. Mais la thèse vaut ce qu'elle vaut. Car Audiberti manipule ironiquement les stéréotypes du conte philosophique et de la comédie libertine. Les dignitaires, rois, maréchal, cardinal, sont des fantoches bavards et bornés qui n'auraient pas déparé le théâtre de Musset. Ils étalent leurs manies, leurs vices et sont vite escamotés. La satire est cependant plus plaisante que féroce. Le prince charmant est grassouillet. Son ministre un Machiavel au petit pied. Le petit roi de Courtelande est un fantoche décrépit. Il s'avère que la gouvernante a un emploi en trompe-l'œil. Personne n'est dans son rôle ou ne s'y maintient. Le mal court *appellerait alors à démonter les truquages, les mystifications, les conformismes. Pourtant la comparaison proposée par Gilles Sandier*[1] *avec* La Règle du jeu *de Jean Renoir est discutable. Car l'idée d'une leçon, progressiste ou non, est étrangère à Audiberti et par ailleurs l'alacrité de la pièce en cache mal le pessimisme.*

La principauté de Courtelande, exiguë comme l'indique son nom, doit sa toute jeune indépendance à la volonté des grandes puissances. Son économie est rudimentaire. On y trouve « plus de bouleaux et de marécages que de lampadaires et de monuments ». Célestincic mène la politique désordonnée d'un parvenu. Il cultive les signes extérieurs du prestige — « Nous avons aussi un théâtre avec péristyle grec, une route postale et une école primaire de cavalerie » — mais si le prestige a ses raisons, la raison économique ne les connaît pas. Le petit roi croit traiter d'égal à égal avec l'Occident. Il oublie que « le roi d'Occident possède quatorze palais principaux totalisant trois cent mille lieues de couloirs et de vestibules ». La « convenance administrative » et l'« opportunité gouvernementale », représentées par le cardinal de la Rosette, s'opposent naturellement à ce que le roi d'un si grand pays épouse une princesse misérable. Parfait n'a plus qu'à présenter sa non-demande en mariage. La pauvrette a joué, sans le savoir, le rôle d'appât. L'annonce de son hymen était tactique. Il s'agissait, pour le machiavélique cardinal, de faire pression sur l'Espagne. Le chantage diplomatique ayant opéré, on n'a plus de raison de conclure l'affaire. Il est temps de mettre fin à la « comédie ». D'ailleurs tout avait été prévu pour vaincre les scrupules du trop sentimental Parfait. Un fringant policier à toutes fins utiles a abusé de la princesse dont la voiture avait été sabotée par précaution. L'Occident est décidément un grand pays où l'on ne laisse rien au hasard.

1. Gilles Sandier, *Théâtre et combat*, Stock, 1970, p. 39.

Le mal court *est une pièce d'apprentissage. Parole trahie, sentiments bafoués, vertu éclaboussée : l'initiation d'Alarica est rude. Le monde n'est pas ce à quoi rêvent les jeunes filles. La « véritable vérité » est que « partout l'on triche. Partout l'on fait comme si ... » Ses certitudes s'écroulent. Sa soif du bien s'étant changée en frénésie du mal, la chaste ingénue, qui se préparait à être une épouse « droite » et « limpide », se donne le rôle de la putain. L'oie blanche se change en mégère. La jeune fille découvre le plaisir en même temps que la princesse la raison d'État. L'une a connu l'homme, l'autre connaît maintenant l'ordre impitoyable du monde. Une fois désintégrées ses illusions candides et après avoir un temps caché son jeu, elle entre dans la ronde des adultes pour le combattre avec ses propres armes. La leçon de* Realpolitik *que lui a administrée le cardinal n'est pas perdue. Son jeune et cruel savoir la qualifie pour exercer le pouvoir. Puisque le mal, le mensonge sont omniprésents et contagieux, puisqu'il faut des dupeurs et des dupés, des forts et des faibles, Alarica décide d'être des premiers et de se salir les mains. Sacrifiant son innocence, elle s'adapte à un monde « ignoble » où la décence favorise la débauche et où l'hypocrisie sert le machiavélisme. Son mariage devait être une « journée historique » ; on l'en a privée, elle se rattrape et entre dans l'Histoire. Célestincic venu la consoler de sa déconvenue ne sait que lui offrir un voyage à deux. Le papa gâteau est devenu gâteux. Il en était resté à une petite fille qui jouait à la poupée, il ne sait pas voir la femme qu'elle est devenue. Le vieillard geignard donne, lui aussi, une piètre image de l'autorité paternelle et monarchique. Prisonnier de ses chimères, il est bien incapable de faire face au mal et à ses responsabilités. Elle le chasse de son Éden et le renvoie brutalement à ses salades, c'est-à-dire à sa rusticité mais surtout à sa cuisine, donc à une activité féminine. Le détrôner c'est évidemment le tuer ou, mieux encore, le castrer symboliquement. C'est plutôt officialiser sa castration effective. Car comme le dit la gouvernante au verbe haut, le « gaillard » est devenu « sage », sa béquille a perdu son « feu ».*

L'avanie a métamorphosé l'ingénue en Amazone. La femme-enfant s'est virilisée. Ne dit-elle pas de F..., son Potemkine, qu'il sera sa « maîtresse », son « favori » ? Sa soif d'absolu, sa volonté, son ambition en font une héroïne « abhumaniste ». Dans la mythologie audibertienne être un héros c'est se dévouer pour délivrer les hommes du mal. Il faut plutôt parler d'héroïnes, du Mal court *à* Opéra parlé / La Hobereaute, *de* Pucelle *à* La Fourmi dans le corps. *Car l'héroïsme, sauf dans* Le Cavalier seul, *se décline au féminin. Comme l'a montré Madeleine Cottenet-Hage, « Audiberti écrit l'une des pages de la littérature féministe*[1] *». Jusqu'à nouvel ordre la révolte littéraire contre les pères est indiscutablement le privilège des fils.*

Alarica, Antigone et Caligula

On a parfois, à propos d'Alarica, évoqué Antigone, autre fille rebelle. D'emblée, la princesse de Courtelande et la fille d'Œdipe apparaissent en scène encombrées d'un chaperon conformiste qui les infantilise. Elles font le même constat : le monde est ignoble. Mais l'idéaliste déçue d'Anouilh, pour être fidèle à sa vérité, déserte ce monde. Elle refuse tout com-

1. Madeleine Cottenet-Hage, « Révolte de la fille dans le théâtre d'Audiberti », *Audiberti le trouble-fête,* Jean-Michel Place éd., 1979, p. 118.

promis, quand bien même on l'appellerait bonheur. Elle n'est pas prête à payer n'importe quel prix pour celui-ci. Elle est dépressive, défaitiste, en proie à la pulsion de mort, elle est entêtée, quand l'héroïne d'Audiberti est volontaire, déborde d'énergie et choisit, elle, de vivre dans ce monde et selon ses lois. Alarica prend son parti du mal, de l'hypocrisie et même de la cuisine politicienne. À chaque coup reçu, à chaque humiliation essuyée, elle réplique par une provocation. Les dignitaires fracassent-ils son rêve nuptial, elle se met à danser nue devant eux. Son suborneur lui révèle-t-il la trahison de sa gouvernante, elle s'en prend à son père qui n'en peut mais. Pour finir, la nouvelle reine annonce un programme de réformes et de grands travaux destinés à sortir son pays du sous-développement.

Alarica peut aussi se lire comme un anagramme très approximatif de Caligula. Dès la création, on a confronté les deux personnages et les deux pièces[1]*. Il n'est d'ailleurs pas indifférent que le metteur en scène du* Mal court *ait auparavant joué le rôle de Hélicon dans la pièce de Camus et que Marie Viton, une amie de celui-ci, ait confectionné les costumes de* Caligula *et les décors du* Mal court*. La comparaison est tentante, elle n'est guère probante. L'empereur romain apparaît d'emblée comme un excentrique. Il présente les signes extérieurs d'une folie qui se nourrit d'une pureté, d'une sincérité, d'un idéalisme trahis. La mort de Cæsonia lui révèle que le monde n'est pas tel qu'il se l'était d'abord représenté. Il lui apparaît sens dessus dessous. Lui, veut « rester logique » et prouver qu'il est un homme libre. Sa démonstration tourne au jeu de massacre. Le « professeur »*

1. Francis Ambrière, *La Galerie dramatique*, Corréa, 1949, p. 203, voir la bibliographie.

s'institue tyran et décime les privilégiés. C'est un homme seul, un autocrate capricieux et cruel qu'abattent les patriciens. La pièce jouée en 1945 conclut de façon didactique à un échec. « Tuer n'est pas la solution (...) Ma liberté n'est pas la bonne. » C'est que la figure nietzschéenne initiale a été actualisée, remaniée dans un sens plus historique, elle a pris des traits de Hitler et/ou de Staline. Le Caligula de Camus, qui va jusqu'au bout de sa « passion », est un dictateur philosophe du XXe siècle. L'ambiguïté de la pièce vient de ce que les valeurs y sont partagées. L'empereur est un tyran meurtrier, mais les patriciens, sauf Cherea, se révèlent serviles et lâches. Audiberti est nettement plus détaché de l'événement récent. Son lexique moins chargé de grands mots montre qu'Alarica a des ambitions plus limitées. Changer la condition humaine n'est pas de son ressort. Elle se contentera plus banalement d'être une despote éclairée, une reine modernisatrice. Tous deux utilisent différemment le pouvoir qu'ils exercent.

La prise de pouvoir par Alarica rappelle celle de Catherine II, à laquelle, en cette année 1946, est consacré un poème de Vive guitare. *Un passage de* Dimanche m'attend *cité en annexe, ainsi que les textes de présentation que l'auteur a rédigés pour les programmes des théâtres (voir la notice), confirment cette hypothèse. Mais « l'impératrice rouge » dépose (et fait tuer), en 1762, non son père mais son mari, le débile tsar Pierre III. On songe aussi à Marie Leczinska allant épouser Louis XV... en 1725. Dans ce cas, la libido ardente de l'héroïne s'explique mal. Alors pourquoi ne pas évoquer aussi Christine de Suède ? Audiberti l'admet volontiers, qui avance aussitôt son nom.*

Une fantaisie poétique

Les noms inventés — Courtelande, Alarica, Célestincic, la Rosette, Silvestrius — sont à la fois familiers et incongrus. La géographie du Mal court *inclut la Saxe, l'Espagne, le Danemark, Magdebourg, Hanovre, Louvain, Dinant, la Vistule, etc., mais aussi l'Occident et la Courtelande. La France est déguisée en Occident et Versailles en ... Montrouge, tandis que Sistrebourg figure Strasbourg. Quant à la Courtelande, ce peut être la Courlande, la Pologne ou quelque principauté, réelle ou imaginaire, d'Europe centrale. Audiberti, dans son « analyse » de la pièce, affiche et aussitôt brouille poétiquement ces références historiques et géographiques. Les effets d'Histoire sont autant de leurres. Les signifiés s'enchevêtrent, se mélangent et se subvertissent. Comme il le dit joliment, son* XVIIIe *siècle est doté d'une « vraisemblance mitigée ». C'est très formellement que sa « folle journée » se situe au siècle de Marivaux et de Laclos. À peine a-t-il suggéré un cadre spatio-temporel qu'un détail incongru en sape ironiquement les assises.*

Les données textuelles de la fable se contredisent ouvertement. Audiberti inscrit ses romans et son théâtre dans la contestation moderniste de la mimésis*. Le réalisme comme principe esthétique, qu'il soit traditionnel ou renouvelé, lui apparaît une contrainte insupportable, parce que stérilisante. Un « abréalisme », si l'on peut oser ce néologisme, double donc l'abhumanisme. Avant Ionesco et Beckett, le dramaturge poète détraque les lois de la vraisemblance et dérègle tous les repères. Tout est permis, tout est possible. Un marchand de salades devient roi ; des émanations de phosphore annoncent un prochain coup d'État. Il ne s'agit plus de calquer la réalité, mais, à défaut d'en inventer une, de la déformer. La fantaisie verbale joue, elle aussi, contre la* mimésis. «*Déjà, écrit Paul Vernois, souffle sur la scène audibertienne le vent de folie qui se déchaînera sur le théâtre de l'insolite.» Alarica transmet le relais d'Antigone au Bérenger d'Ionesco*[1]. *Et le même critique de situer tout aussi justement Audiberti entre Giraudoux et Obaldia.*

Fort peu de chose suffit pour qu'une pièce dramatique ou tragique devienne comique. Il n'y a pas loin, on le sait, de Dom Garcie de Navarre *au* Misanthrope. *Audiberti s'est bien gardé d'attribuer un label générique au* Mal court. *Sa fable est sinon tragique, du moins grave et cruelle. Pour reprendre les catégories d'Anouilh, Audiberti a déguisé une pièce «grinçante» en pièce «brillante». On pense aussi à cet autre chef-d'œuvre qu'est* Yvonne, princesse de Bourgogne[2]. *La discordance est ici flagrante entre le «fond» et la «forme», entre un thème sombre et une écriture joyeuse. En d'autres temps, on aurait parlé de burlesque. «L'univers d'Audiberti, écrit Gérard-Denis Farcy, échapperait au tragique par le carnaval, à la menace du sens par la jubilation de la forme*[3] *». De même qu'Ionesco, Audiberti croit donc à une proximité du comique et du tragique. Son originalité vient de ce que ce sont les mots d'auteur, les jeux phonétiques, les images qui, attirant l'attention sur eux-mêmes, soulèvent les rires. Car contrairement aux auteurs de l'antithéâtre, il fait une entière confiance au langage. Son théâtre reste logocentrique, comme l'est celui de Giraudoux. L'écriture est première, elle tend à s'autonomiser par rapport à la fable.*

1. Paul Vernois, « *Le mal court*, relais brillant entre la fantaisie et l'insolite », *Europe*, avril 1986, p. 66.
2. La pièce de Gombrowicz date de 1938. Elle ne sera jouée qu'en... 1963.
3. Gérard-Denis Farcy, *Les Théâtres d'Audiberti*, PUF, 1988, p. 125.

« Le paradoxe, écrit en 1956 Robert Abirached, c'est qu'Audiberti est un poète joyeux : il s'ébroue dans le vocabulaire, il fait miroiter les vocables, il ordonne avec volupté les phrases, il subjugue la syntaxe, il savoure les phrases. Sous ce rapport, on ne saurait le comparer qu'à Hugo, à un Hugo en liberté. C'est un poète inventeur, c'est un auteur dramatique qui nous propose vraiment un langage : sans doute est-il aujourd'hui notre premier écrivain *de théâtre*[1]. *» De cela les décideurs de la société théâtrale sont d'autant moins convaincus que, dans les deux décennies qui vont suivre, le spectacle va éclipser le texte et la théâtralité se chercher à peu près partout sauf dans l'écriture. Les auteurs deviennent, selon le mot d'Alfred Simon, « le lumpen-prolétariat de l'entreprise-théâtre*[2] *». Or s'il en est un qui, dans ses pièces, ne se fait pas oublier, c'est bien Audiberti.*

« La fête des mots »

Les spectateurs et les critiques ont été parfois déconcertés, le plus souvent éblouis par les trouvailles dont regorgent les dialogues du Mal court. *L'écrivain a sacrifié les trop éloquentes tirades qui encombraient* Quoat-Quoat *et* La Fête noire. *Il a exclu le monologue et l'aparté. Les morceaux les plus rhétoriques et lyriques s'avèrent, après coup, avoir été appris par cœur par les personnages. Le plus souvent, les répliques claquent. La parataxe permet des effets de rythme et de nombre, comme Molière savait les prodiguer.*

1. Robert Abirached, « Le mal court », *Études*, octobre 1956, p. 116.
2. Alfred Simon, *Le Théâtre à bout de souffle ?*, Le Seuil, 1979, p. 19.

Le théâtre classique faisait la part belle aux sentences et aphorismes. Le cardinal, la gouvernante et même Alarica ne sont pas avares en pseudo-proverbes, parfois paradoxaux : « Pendra bien qui pendra le dernier. » « Les larmes de la femme moisissent le cœur de l'homme. » « Une femme n'est entière qu'autant qu'elle est une moitié. » « Les lions se marient dans le trou de lions. »

Si les phrases se sont nettement raccourcies, l'ordre des mots et, plus généralement, la syntaxe, sont insolites. Le poète nourri de Mallarmé tordait ses énoncés jusqu'à les rendre souvent inintelligibles. Le dramaturge se contente d'antéposer quelques adjectifs et surtout de mettre l'attribut ou le complément en tête de la phrase. Ainsi marque-t-il à peu de frais un effet d'histoire : Alarica : « Une femme je ne suis pas » ; « De rose et d'azur l'église est drapée. Devant le fleuve brillent les cuirassiers. » La gouvernante : « De toi le mariage saura faire une femme » ; « Méchante jamais tu ne fus » ; « Jamais des blancs je ne reconnaîtrai les noirs. » Célestincic : « Ne viendront dans ma maison que mes propres invités. »

Audiberti colore les dialogues de quelques archaïsmes lexicaux — nenni, vilains et vilaines, vergogne, bailler, corbleu — qui vont dans le même sens. On remarque d'assez nombreuses occurrences du passé simple, temps de l'énonciation historique qui, réputé livresque, est, en principe, exclu du discours : La gouvernante : « Consulte la miniature qu'il te fit tenir » ; « Il eut l'occasion maintes fois de voir le roi d'Occident. » Parfait : « Le soin que je pris d'abréger votre voyage. » Alarica : « C'est elle qui me paracheva dans votre langue. » Célestincic : « Sa gaieté, sa tendresse (...) firent mes délices. »

Certains usages sont franchement inattendus. Ce temps n'est en effet généralement utilisé qu'à la troisième personne or Audiberti en use à la première : F... : « Quand je pénétrai dans cette chambre. » Le maréchal : « Je lui accordai (...), je m'avisai (...). Leur ordure (...) me frappa. Je fixai ma voisine et soudain je la reconnus » ; « Nous eûmes si froid, dans la voiture, qu'il nous fallut nous faire des masques. »

Quand la concordance des temps l'exige, les personnages se servent de l'imparfait du subjonctif. Ainsi le cardinal : « La faute, la seule faute eût été que votre majesté aventurât le lustre de tant de combats. » « Il me semblait, cependant, que je dusse en faire mon deuil. »

Le conditionnel passé deuxième forme trouve même place dans une réplique du même cardinal, lequel est évidemment trop poli pour être honnête : « Notre mariage ne vous eût pas davantage froissé dans votre goût particulier qu'il n'eût contrevenu à l'opportunité politique. » F... y recourt aussi : « Au cas où vous vous fussiez obstinée. » Mais on découvre, au même instant, qu'il apprend par cœur des textes écrits par d'autres.

Audiberti a su habilement distiller et motiver ses procédés. Dosés de façon homéopathique, quelques faits de style suggèrent une atmosphère datée. Il est à remarquer qu'on les trouve dans la bouche aussi bien d'Alarica, que de F... et des dignitaires. Tous les personnages parlent la même langue, une langue inimitable sinon impastichable. C'est au XVIIIe siècle que la distinction stylistique des genres devient particulièrement maniaque. On pense à Voltaire chicanant Corneille et même Racine. Le Dom Juan de Molière, où une scène de farce succède à une scène tragique, passe longtemps pour un monstre et que dire de Shakespeare que ses traducteurs français ont longtemps édulcoré ? L'exubérance de l'écriture, son absence d'unité déconcertent les *publics français. Répliques et tirades doivent être régis par les mêmes règles rhétoriques et puiser dans un lexique homogène. Les seules discordances admises sont liées à la condition sociale ou à l'origine ethnique des locuteurs. De ce que Dom Juan ne parle pas comme Charlotte et Mathurine ni Arlequin comme Silvia, Molière et Marivaux tirent de puissants effets comiques. Mais Suzanne se situe au même niveau de langue que sa maîtresse de même que, chez Anouilh, le garde et Créon. C'est cet ordre de la conversation théâtrale que malmène Audiberti.*

La même année que Le mal court *sont créés* Les Bonnes *de Genet,* L'Aigle à deux têtes *de Cocteau,* L'Archipel Lenoir *de Salacrou,* La Petite Hutte *de Roussin,* L'Invitation au château *d'Anouilh. Toutes ces pièces, par ailleurs si diverses, ont en commun de respecter* grosso modo *le dernier dogme classique, à savoir l'unité de ton. Personne n'a jamais parlé comme les personnages du* Mal court. *Le poète emprunte à tous les lexiques disponibles, il combine goulûment les vocables qui s'offrent à lui, archaïsmes aussi bien qu'argotismes anachroniques. Il invente même un savoureux sabir pseudo-slave. Les mots, chez lui, résonnent avant de signifier. Audiberti joue de tous les claviers stylistiques, passe instantanément d'un niveau de langue, d'un registre à son opposé. Non seulement il ne recherche aucunement l'unité de ton, chère à Racine ou Montherlant, mais, dans le microcontexte d'une réplique, il multiplie les dissonances ou, pour citer une heureuse formule de Paul Vernois, les « différences de potentiel*[1]. »

1. Paul Vernois, « Dramaturgie et stylistique théâtrale dans *Le mal court* d'Audiberti », *Audiberti le trouble-fête,* Jean-Michel Place, 1979, p. 147.

Une phrase commence sur un ton cérémonieux ou lyrique et s'achève sur le mode trivial par un juron. Une syntaxe savante ou archaïsante se mêle à un lexique familier ou l'inverse. En plein milieu d'une éloquente tirade amoureuse, Monsieur F... laisse ainsi échapper un « hé bé » incongru qui casse tous ses effets. Ladite tirade s'achève sur un ton très familier : « Il y aura toujours, entre nous, cette grande saleté de fumier de porte. » La gouvernante, de même : « Monsieur, si vous êtes le roi, nous nous devons, foutre oui ! de vous recevoir, bien que votre visite nous prenne au dépourvu. » Ces variations de registre brouillent la distinction entre l'écrit et l'oral. Leur effet comique est indéniable.

« Un des sortilèges de ce théâtre, note justement Jean Tardieu, consiste dans les brusques et continuels changements de niveau — de "fréquence", diraient les électroniciens —, passages de l'abstrait au concret, du noble au trivial, etc., de sorte que par un procédé intellectuel qui s'apparente au procédé optique des peintres, l'esprit a l'impression de saisir le relief concret des mots et des choses[1]. »

Les discours des personnages sont chargés d'images drues. Chacun a son réseau. Celui d'Alarica est zoologique — « Mes petits oiseaux de devant. Mes rossignols de neige, mes écureuils dorés (...) Pauvres petits lapins. » Les appellatifs de la gouvernante font la part belle à la botanique — « Ma jonquille, mon chèvrefeuille, cerise, ma prune, ma sorbe, pauvre petite poire verte, etc. » F... a appris les fragments d'un discours amoureux, mais dès qu'il improvise, son discours est faubourien et nourri d'images culinaires : « Votre gouvernante est timbrée » ; « Je vous laisse patauger dans vos idées, comme un peigne dans la soupe. » ; « Votre

1. Jean Tardieu, « Un nouveau langage au théâtre », *Action*, 20 juin 1947.

cœur farci de justice » ; « Les roues de votre carrosse, en effet, avaient été assaisonnées. » Le cardinal, de même, parle une savoureuse langue de bois diplomatique et, quand il s'oublie, sa rhétorique se fait truculente : « La politique comporte plus d'un étage et chaque étage un certain nombre d'appartements » ; « La rupture, dans l'escrime sentimentale, c'est la botte des cornes (...) Les bras de la femme avancent. Les cornes de l'homme reculent. » Le maréchal n'est pas en reste : « La puissance est bête nomade, il advient qu'elle se dégoûte d'une place pour s'établir dans une autre. » Même le roi Parfait s'y met : « Vous avez fricassé toute cette affaire. Il vous faut maintenant l'avaler » ; « Il n'est si mauvais cuisinier qui ne s'entende à déguiser sous un fracas de vaisselle l'indigence de ses menus. » On a, pour chacun, un large choix de citations.

« De tous les écrivains c'est certainement le poète qui éprouve le plus de difficulté à devenir un véritable auteur dramatique[1]. » Les échecs de Mallarmé, des symbolistes, de Milosz au théâtre donnent assurément raison à Pierre Larthomas. Le langage théâtral, nous répètent théoriciens et stylisticiens, doit être simple, naturel ; même Victor Hugo recommande aux dramaturges de proscrire l'éclat superflu et l'ornement trop voyant. Le théâtre d'Audiberti est une des rares exceptions qui confirment la règle. La preuve est fournie qu'une écriture poétique et artificielle peut avoir un fort rendement comique et trouver sa place sur une scène.

Le poète antibois avait un sujet, des personnages, une intrigue. Il a trouvé un équilibre entre sa fantaisie verbale et les exigences du spectacle. Il ne rééditera pas souvent son

1. Pierre Larthomas, *Le Langage dramatique*, Armand Colin, 1990, p. 438.

coup d'éclat par la suite. Quand s'épuise son inspiration, il ne reste que des procédés laborieux, une verve verbeuse. Le mauvais Audiberti heureusement ne chasse pas longtemps le bon. Trente ans après sa mort, le tri s'est fait dans son œuvre théâtrale et Le mal court *est reçu comme son chef d'œuvre.*

Jeanyves Guérin

Le mal court

PIÈCE EN TROIS ACTES

La première représentation a eu lieu le 12 juin 1947 au théâtre Charles de Rochefort, dans des décors de Marie Viton, Georges Vitaly étant metteur en scène, les rôles étaient attribués de la manière suivante :

PERSONNAGES [1]

Alarica [2], princesse héritière de Courtelande	*Mlle Suzanne Flon.*
Parfait, roi d'Occident	*M. Georges Vitaly.*
Monsieur F... [3]	*M. Max Pallenc.*
Madame Toulouse, gouvernante d'Alarica	*Mme Jeanne Herviale, puis Renée Pyr.*
Célestincic [4], roi de Courtelande	*M. Gabriel Jabbour.*
Le Maréchal de la noblesse de Courtelande	*M. Chauffard.*
Le Cardinal de la Rosette, premier ministre d'Occident	*M. Lucien Guervil.*
Le Lieutenant	*M. Maurice Chevit.*

ACTE PREMIER

Époque Louis XV.

Une chambre, dans une résidence située sur le territoire de l'électeur de Saxe[1]*, à proximité de la frontière d'Occident*[2]*.*

Deux lits.

Dans un lit, la princesse Alarica, fille du roi de Courtelande[3]*. Dans l'autre, Toulouse*[4]*, la gouvernante de la princesse.*

ALARICA : Qu'est-ce que je vais faire ? Qu'est-ce que je vais faire ? Qu'est-ce que je vais faire ?

LA GOUVERNANTE : Dors. Moi, je voudrais dormir.

ALARICA : Dormir... Dormir ?

LA GOUVERNANTE : Oui, chérie... Dormir. Les lits sont faits pour qu'on y dorme.

ALARICA : Le mien, mal fait.

LA GOUVERNANTE : Ce sont les lits de l'Allemagne.

ALARICA : Il me faudrait je ne sais quoi.

LA GOUVERNANTE : Pour dormir, tu n'as besoin que de toi. C'est avec toi que tu dors. Tu couds avec le fil. Tu galopes avec ton cheval. C'est avec toi que tu dors[5].

ALARICA : Je crois que j'ai besoin d'un peu de fleur d'orange.

LA GOUVERNANTE : Si tu te drogues maintenant, demain tu dormiras debout[1].

ALARICA : Demain ? Nous y sommes. Demain est arrivé.

LA GOUVERNANTE : Demain n'arrive que dans les contes. Ferme les yeux. Compte des moutons. Un mouton, deux moutons, trois moutons. Tu les vois s'enfoncer dans la barrière blanche ? Quatre moutons, cinq, six, sept, huit. Quatorze. Quinze. Compte-les un à un et ne t'embrouille pas. Tu les vois ?

ALARICA : Très bien. Ils sont frisés. Leurs pattes sont rose vif. Certains ont des moustaches noires. D'autres vont avec des béquilles.

LA GOUVERNANTE : Moustaches ? Béquilles ? Ce ne sont pas des moutons.

ALARICA : Des moutons ? Ah ! Non... Des vétérans, oui. Des vétérans. Des capitaines. Des enfants.

LA GOUVERNANTE : Des hommes, quoi ! Que ce soit des moutons ou que ce soit des hommes, compte-les bien. Ne laisse pas qu'un seul s'échappe. Tout serait à recommencer.

ALARICA : Cinquante-trois, cinquante-quatre, cinquante-six, sept, huit, neuf, soixante. Soixante et un. Oh !

LA GOUVERNANTE : Quoi ?... Qu'y a-t-il encore ? Je m'assoupissais.

ALARICA : Dans les hommes, il y a un animal.

LA GOUVERNANTE : Quel animal ? Un des moutons de tout à l'heure ?

ALARICA : Nenni. Un buffle... Un buffle tout rouge, avec des cornes vertes. Trois cornes. Quel drôle de buffle ! Il a de grands yeux noirs. Mon Dieu ! Qu'il paraît triste ! C'est un animal qui s'est mis dans les hommes, mais lui, des hommes sont en lui, des hommes qui veulent sortir. Je les vois à travers les yeux noirs. Ils veulent sortir. Ils m'appellent. Qu'est-ce que je vais faire ? Et puis, pendant ce temps, les autres se dépêchent. Je ne sais plus, de leur nombre, où j'en suis. J'aurais dû mettre quelqu'un à la barrière, un contrôleur. Je suis très ennuyée.

LA GOUVERNANTE : Allons. C'est fini. C'est cuit. Je ne me rendormirai plus. La nuit est morte. Éclairons.

ALARICA : Tu m'as jeté la lumière droit sur la rétine. Chaque fois, c'est pareil. Je crois qu'au fond tu ne m'aimes pas tant que ça.

LA GOUVERNANTE : Ma jonquille, pardonne-moi. Cette lumière, elle est bien faible, pourtant. C'est à peine si je déchiffre l'heure. Il est... Il est cinq heures vingt. Cinq heures vingt, le six décembre mil sept cent soixante-deux[1]. Dehors, la neige, la nuit. Si personne ne s'en mêle, la roue de la journée ne démarrera point. Tu as une idée ?

ALARICA : Si on jouait aux dames ?

LA GOUVERNANTE : Merci bien. Jamais des blancs je ne reconnaîtrai les noirs. Tu as dix-neuf ans[2], ma grenouillette. Tu n'es plus assez jeune, tu n'es pas assez vieille pour ces amusements assommants. Nous avons à peine gagné une minute. Il faut pourtant que la roue de cette journée historique...

ALARICA : J'ai entendu la roue d'une charrette. Elle m'a grincé jusque dans les dents.

LA GOUVERNANTE : Tu as des sens tout à fait diaboliques. Tout te blesse, mais tu ne manques rien. Le mariage te fera du bien.

ALARICA : Tu te flattes que le mariage me rendra sourde ?

LA GOUVERNANTE : Il t'apaisera, te détendra. Non plus d'un peu de fleur d'orange, mais de l'arbre aux oranges tout entier ton corps sera comblé, satisfait, rassuré. Le mariage, c'est l'état, c'est le trône de la femme.

ALARICA : Une femme je ne suis pas.

LA GOUVERNANTE : De toi le mariage saura faire une femme.

ALARICA : Fera-t-il un homme de mon époux ?

LA GOUVERNANTE : Même puceau, un homme est un homme, même puceau, même tout seul. Mais une femme n'est entière qu'autant qu'elle est une moitié. Je tombe de sommeil.

ALARICA : Explique-moi. Raconte-moi.

LA GOUVERNANTE : Hé ! Dis ! Je ne veux pas mordre sur ton époux. Lui te façonnera, ma jolie tourte, ma jolie tourterelle. Au fond, si tu ne dors pas, c'est à cause de lui, déjà. Mais il ne faut pas que le présent soit mangé par le futur.

ALARICA : Crois-tu qu'il soit très grand, mon futur ? Pourvu qu'il soit plus grand que moi ! Et ses yeux ? Ses yeux, au juste, comment sont-ils ?

LA GOUVERNANTE : Consulte la miniature qu'il te fit tenir.

ALARICA : Où l'ai-je fourrée ?

LA GOUVERNANTE : Tu l'avais dans ton lit. Tu égares tout.

ALARICA : Je l'ai... Approche la lampe, veux-tu ? Oui... On ne peut pas dire. Il est mignon. Mais cette ombre, là, près de la lèvre, cette ombre m'inquiète. On croirait qu'il n'est pas content... Qu'il a pleuré. Qu'est-ce qu'il peut avoir ?

LA GOUVERNANTE : Les rois ne sont pas exempts du déplaisir.

ALARICA : Il ne va pas gémir toute la journée ?

LA GOUVERNANTE : Non... De temps en temps... Comme tout le monde.

ALARICA : Et autrement... Quand il ne gémit pas ?... Qu'est-ce qu'il fait, quand il ne gémit pas ?

LA GOUVERNANTE : Il étudie, je suppose. Il digère. Il dort. Il dort, le bienheureux !

ALARICA : Et moi, quels seront mes emplois ?

LA GOUVERNANTE : Tu donneras du bonheur à ton époux.

ALARICA : Toute la journée ?

LA GOUVERNANTE : Toute la journée, oui. Et toute la nuit.

ALARICA : Ce bonheur que je donnerai, dis-moi, Toulouse, où le prendrai-je ?

LA GOUVERNANTE : Tu le prendras dans ton époux.

ALARICA : Le bonheur que je prendrai dans mon époux sera-t-il celui que je lui aurai donné. Ne reboirai-je que mon bien ?

LA GOUVERNANTE : Tu me casses la cervelle. Si tu refuses de dormir, au moins, tais-toi. Pauvre petite poire verte, ne pense plus. Repose-toi. Écoute.

ALARICA : Je n'entends rien.

LA GOUVERNANTE : Très juste. Même toi, tu n'entends rien. La charrette s'est éloignée. Une nuit nouvelle commence. Reposez-vous, mon chèvrefeuille. Une nuit nouvelle commence. Tout le monde est parti.

On frappe violemment à la porte.

ALARICA : On a frappé à la porte.

LA GOUVERNANTE : Oui. On a frappé à la porte. Est-ce vous, Monsieur le maréchal ?

On frappe de nouveau.

LA GOUVERNANTE : C'est bizarre. Qu'est-ce que ça signifie ? C'est peut-être le lieutenant. Qui va là ?

ALARICA : Qu'est-ce que le lieutenant viendrait faire à la porte de notre chambre ?

LA GOUVERNANTE : Les raisons ne manquent pas, qu'ils sont en état de mettre en avant, les lieutenants, pour s'introduire chez les femmes. Le nôtre, il est vrai, ne verdoie plus guère.

On frappe de nouveau.

ALARICA : J'ai peur.

LA GOUVERNANTE : N'aie pas peur. Ta peur donne du courage à celui qui te fait peur.

ALARICA : Si nous appelions ? Par la fenêtre ?

LA GOUVERNANTE : Silence ! On parle.

VOIX DERRIÈRE LA PORTE : Ouvrez !

ALARICA : On a dit : « Ouvrez ! »

LA GOUVERNANTE : Ouvrez ! Quel toupet ! Qui est là ? Qu'est-ce que c'est ?

... — C'est le roi.

LA GOUVERNANTE : Le roi ?

... — Je suis le roi. Je suis Parfait, dix-septième du nom, roi d'Occident, de Burgondie et des Vascons[1]. Alarica, je suis votre futur. Je suis le fiancé de la princesse Alarica de Courtelande, que je vais, ce soir même, épouser.

ALARICA : Ciel !

LA GOUVERNANTE : Pour le coup... Qui que vous soyez, Monsieur, vous devez savoir que nous n'atteindrons qu'aujourd'hui, sur les trois heures après dîner, la frontière de l'Occident et que nous nous trouvons présentement dans les cantons de l'électeur de Saxe, à quatre lieues de cette auguste frontière. Comment pourrions-nous admettre que, transgressant le protocole, notre royal fiancé se soit porté à nos devants avec une telle hâte qu'il nous fût donné de le saluer devant même que d'avoir mis le pied sur ses États ?

... — Ouvrez ! Le roi n'attend pas, vous savez.

LA GOUVERNANTE : Monsieur, si vous êtes bien le roi, nous nous devons, foutre oui ! de vous recevoir, bien que votre visite nous prenne au dépourvu et que nous ne soyons pas habillées. Mais comment nous prouverez-vous que vous êtes vous, que vous êtes le roi ?

... — La preuve n'éclate que si l'ouverture intervient.

LA GOUVERNANTE : Nous sommes dans un embarras extrême. Que le roi daigne nous comprendre, s'il est derrière cette porte.

... — Je ne suis pas derrière, je suis devant.

LA GOUVERNANTE : Je dois veiller sur la princesse.

... — La princesse ne saurait avoir de meilleur guide et de plus ferme tuteur que moi pour le bout de chemin qui lui reste à couvrir avant que soit à ses pieds le royaume des iris. N'est-ce pas, chère Alarica ?

LA GOUVERNANTE : D'accord, Monsieur. D'accord, si vous êtes le roi. Mais si vous n'êtes pas le roi et que je fasse tant que vous ouvrir, comment pourrez-vous jamais me pardonner ma légèreté, comment, je veux dire, le roi me la pardonnerait-il jamais, fussiez-vous pour de bon le roi ? Je vais appeler.

... — Je vous l'interdis. Je suis le roi. Si vous me désobéissez, Madame la gouvernante, vous aurez la tête tranchée.

LA GOUVERNANTE : Nous sommes à quatre lieues de l'Occident. Avons-nous à reconnaître votre autorité hors des limites de votre domaine ? Nous sommes sur les terres de l'électeur de Saxe et cette maison est à lui.

... — Comment ! Je suis venu à cheval, seul et ardent, laissant en plan, là-bas, dans Sistrebourg[1] pavoisée, l'archevêque, les orphéons, les cuirassiers. J'arrive à nuit mourante, ardent comme le feu. Je lanterne la garde. Je dérobe les escaliers. Je touche cette porte. Elle est de bois. Telle aura donc été ma récompense ? Hé bé ! Dois-je repartir, sur-le-champ, exténué, déconfit, avec, dans mon manteau, pour toute provision, la voix d'une rabat-joie ? La prudence, ma vieille, n'est pas toujours prudente. Mais vous, Alarica, vous, chair de ma vie, pensée de ma chair, vous que je sais, vous que je sens qui m'écoutez de toutes vos bouches, qui me saisissez de toutes vos boucles, vous dont le cœur bondit d'amour et de douleur, de quel œil oserez-vous me regarder quand, aujourd'hui même, ce soir, non loin du fleuve, devant la cathédrale, nous nous rencontrerons dans la présence de nos ministres et de nos tabellions ? Il y aura toujours, entre nous, cette grande saleté de fumier de porte.

Il frappe avec violence.

ALARICA : Seigneur, je vous ouvre.

LA GOUVERNANTE : Vous êtes folle ! Si c'était un forban !

... — Dépêchez-vous. On va finir par me pincer, dans ce sacré corridor.

ALARICA : J'ouvre.

Entre un grand jeune homme rieur (F.).
Veste de cuir. Tricorne. Manteau.
Il se précipite sur Alarica.

F... : Chérie ! Amour ! Mon amour ! Je vous vois. Je vous tiens. Chemin des caravanes ! Reposoir des prophètes ! Lumière sans égale... Ma fleur... *(Vers la gouvernante.)* Vous, vous avez failli me faire monter la moutarde. Mais je ne vous reproche votre zèle que pour que vous sachiez combien je l'apprécie. Vous êtes une bonne femme. Touchez-moi.

Il lui tend la main.

LA GOUVERNANTE : Monsieur...

F... : Appelez-moi Sire. C'est plus simple.

LA GOUVERNANTE : Je ne suis pas convaincue.

F... : Que vous faut-il encore ? Soutiendriez-vous que je ne suis pas moi ?

LA GOUVERNANTE : Chacun est moi. Chacun s'appelle moi. Vous êtes moi, bien sûr, comme elle, comme moi. Mais, le roi, c'est une autre affaire, une tout autre affaire. Vous n'êtes pas le roi.

F... : Je vous ferai pendre.

LA GOUVERNANTE : Pendra bien qui pendra le dernier[1].

F... : Mais, foutre de Diantre ! quelle plus belle preuve les rois pourraient-ils donner de leur royauté que la grandeur de leurs victoires ? Je traverse la porte. Je tiens ma conquête. Je vous ris au nez. Que vous faut-il encore ? Regardez l'air, voyez les yeux de celle-ci. Ne proclament-ils pas qu'elle est toute persuadée... C'est une princesse. Elle s'y connaît mieux que vous. Petite, m'attendiez-vous ?

LA GOUVERNANTE : À la fin, Monsieur, que prétendez-vous ?

F... : Quand je pénétrai dans cette chambre, c'était pour y trouver la plus ravissante, la plus royale des créatures, cette princesse dont je veux qu'elle ne règne sur mon peuple qu'après avoir, dans le tête-à-tête et sans le concours des huiles, régné sur mon cœur. Or, depuis que je suis entre ces quatre murs, il n'y en a que pour vous. Qu'exigez-vous que je vous montre ? Un passeport ? Mon sceptre d'or ?

LA GOUVERNANTE : Vos talons, mon ami. L'heure approche de notre chocolat.

ALARICA, *vers la gouvernante* : N'aie pas d'inquiétude. Je prends tout sur moi.

F... : Votre chocolat ne me fait pas peur. Je les aime, ah ! que je les aime, ces équivoques instants où je ne suis qu'un homme dès que je cesse de n'être qu'un roi.

LA GOUVERNANTE : Je me poste à la fenêtre. Que, de la princesse, vous alarmiez les pudeurs, j'appelle. Je hurle. Vous voilà prévenu.

F..., *vers Alarica* : Vous êtes belle. Vous êtes l'émeraude et la source du monde. Vous êtes la jeunesse, la joie. Vous êtes trop belle. Les reines ne sont pas si belles. Le soleil virginal de votre bouche m'éblouit, me donne soif. Mais c'est en lui qu'il faut que je me désaltère. Je brûlerai, je brûlerai de bonheur, et il n'y aura, dans mon royaume, pas assez de tambours, pas assez de clochers, je vous le dis, pour qu'en suffisance mon allégresse soit célébrée. Je commanderai que, dans les rivières, même les goujons se mettent à chanter.

LA GOUVERNANTE : Les rois ne sont pas si bavards. Je vais appeler.

F... : Si je comprends bien, les rois, selon vous, sont des imbéciles. Ce qu'il y a, c'est qu'ils n'ont pas la pratique des êtres dans le plein de la vie. Il n'est, pour nous approcher, que des mannequins. Je suis, en ce moment, comme si je naissais, tout innocent, tout confiant, mais, attention ! avec la tête d'un philosophe, les mains d'un guerrier, l'âme d'un chanteur. Je nais. Je suis naissant. *(À la princesse.)* Chérie ! Petit bonhomme ! Mon chou ! Quoi qu'il advienne, l'instant où il me fut donné d'aborder, avec ma pauvre chair, la grâce en personne et de la contempler de si près que je vais me perdre en elle et peut-être la perdre avec moi, cet inestimable instant s'élève en s'évasant dans l'espace bien au-dessus, bien au-delà du point mathématique où il confond nos souffles.

Il embrasse la princesse. La gouvernante ouvre la fenêtre.

LA GOUVERNANTE : Lieutenant ! Aux armes ! Du monde ! Au secours !

F..., *à la gouvernante* : Tu[1] te dépenses. Tu te dépenses trop.

La gouvernante court de la fenêtre à la porte qu'elle ouvre.

LA GOUVERNANTE : Arrivez donc ! Faites vite ! Au nom du ciel, ma petite rose, écarte-toi de cet homme. Et vous, si vous avez pour elle le moindre brin de... de... lâchez-la, je vous en supplie. Lâchez la princesse.

Elle s'efforce de désunir le couple.

F..., *à la princesse* : Mademoiselle, ne craignez rien. Votre gouvernante est timbrée. Elle voit le mal partout. Le mal est-il sur moi ? Suis-je le mal ? Suis-je mal ?

ALARICA : Tout mon être va vers vous. Mais ma gouvernante me fut toujours tutélaire et du meilleur conseil.

Elle le repousse doucement.

Entre le lieutenant. Le lieutenant appartient à l'armée courtelandaise, dont il porte l'uniforme. Sa présente fonction est d'escorter la princesse entre la Courtelande et l'Occident. Il a près de cinquante ans.

F..., *au lieutenant* : Je suis le marquis du Baton de la Dorneraie. Veuillez ne pas m'interroger davantage.

LE LIEUTENANT : Ignoreriez-vous la qualité de cette personne ? Faut-il vous apprendre qu'elle est la fille du prince Célestincic, monarque souverain du grand-duché de Courtelande, et qu'elle se rend en Occident afin d'y contracter mariage avec le roi Parfait, dix-septième du nom ? De ville en ville, aussi bien sur les terres de son père qu'à la traversée des royaumes et des républiques de l'Empire, Son Altesse fut l'objet des plus touchantes et illustres prévenances tant de la part des populations que de celle des autorités. Soutiendriez-vous que nulle part, fût-ce de loin, vous n'ayez aperçu le visage de Son Altesse et que vous vous soyez introduit dans cette demeure sans savoir à qui...

F... : Mon ami, taisez-vous. Vous êtes quelque chose comme lieutenant, je présume. Vous avez bon air. Je ne suis pas le marquis du Baton.

LE LIEUTENANT : Ainsi...

F... : Attendez ! Je suis Parfait, Parfait, dix-septième du nom, roi d'Occident, de Burgondie et des Vascons. Vous avez l'honneur et le privilège de me surprendre en compagnie de ma fiancée. Naturellement, je vous fais capitaine.

LE LIEUTENANT : Cette affaire est embrouillée.

On frappe.

LA GOUVERNANTE : Tout va être rendu clair. Notre maréchal de la noblesse, général Silvestrius, qui est, en même temps, ministre de Courtelande pour les Affaires étrangères, voyage avec nous. Il eut l'occasion de voir maintes fois le roi d'Occident. *(Elle ouvre.)* Entrez, Monsieur.

Entre le maréchal de la noblesse. Robe de chambre. Crâne chauve. Il tient sa perruque à la main.

LE MARÉCHAL : Que se passe-t-il ? Quelle est cette foire ? Qu'y a-t-il ?

LA GOUVERNANTE, *au maréchal*: Monsieur le maréchal, connaissez-vous cet homme ?

LE MARÉCHAL : Cet homme ? Lequel ? L'officier qui vous escorte ?

LE LIEUTENANT : Non... Cet homme... Celui-ci...

LE MARÉCHAL : Je me souviens qu'en nonante-quatre, nonante-quatre ou nonante-cinq ? je me trouvais voyager dans les Flandres, toute une journée, en chaise publique, dans le vis-à-vis d'une femme du commun, qui m'apparut maigre comme un fifre dans le bref regard que je lui accordai. Ce n'est qu'à deux ou trois portées de mousquet de Louvain, Louvain ou Dinant[1] ? que je m'avisai de ses ongles. Leur ordure, une ordure particulière, un peu épinard, me frappa d'une réminiscence précise. Je fixai ma voisine et, soudain, je la reconnus. C'était une certaine Brigitte, Brigitte ou Gertrude[2] ? une vraie salope[3], en tout cas, que j'avais un peu pratiquée dix ou quinze ans auparavant, à Magdebourg[4], Magdebourg, je dis bien, alors qu'elle ne pesait pas moins de cent soixante livres. Comme quoi !

LE LIEUTENANT : Votre Excellence, cet homme est-il le roi d'Occident ?

LE MARÉCHAL : Plaît-il ?

LE LIEUTENANT : J'ai l'honneur de demander à Votre Excellence si elle reconnaît, dans cet homme, le roi d'Occident ?

LE MARÉCHAL : Gertrude, je l'ai retrouvée à ses ongles. Gertrude ou Brigitte ? Il y a tant d'hommes, sur la terre, tant d'hommes, tant de femmes, chacun avec dix doigts, sans compter ceux des pieds, et la nature, dans sa minutieuse prodigalité, la nature trouve quand même le moyen d'impartir aux ongles de chacun une silhouette, une physionomie. Mes amis, bonsoir. Je m'en vais m'étendre un quart d'heure encore.

LE LIEUTENANT, *à F...* : Je vous arrête.

F... : Il n'a pas dit que je n'étais pas le roi. Mais je ne me débattrai pas davantage contre une conjuration de chambellans et de nourrices. C'est quand on l'arrête que l'homme qui a des jambes doit, tout à coup, le démontrer. *(À la princesse.)* Mon amour, je t'emporte en moi. Garde-moi dans toi.

F... saute par la fenêtre.

LE LIEUTENANT, *le pistolet à la main* : Arrêtez ! Arrêtez !

Il tire, par la fenêtre.

LA GOUVERNANTE : Malheureux ! Vous êtes fou !

LE LIEUTENANT : Je suis responsable de la sécurité de la princesse.

LA GOUVERNANTE : Mon Dieu ! Quelle misère ! Allons voir ce qu'il a.

Le lieutenant et la gouvernante sortent.

LE MARÉCHAL : Avec cette croisée béante on va geler.

ALARICA : La balle a-t-elle porté ?

LE MARÉCHAL : Ça m'en a tout l'air. Le garçon est couché dans la neige. On le ramasse.

Il ferme la fenêtre.

ALARICA : Que va-t-on faire de lui ?

LE MARÉCHAL : La prison l'attend. Elles sont faites pour contenir les ailes trop longues.

ALARICA : Je lui porterai des sucreries, de l'eau-de-vie.

LE MARÉCHAL : Si vous m'en croyez, mon enfant, vous n'en ferez rien. L'univers, songez-y, vous épie. Les scandales se nourrissent de pralines.

ALARICA : Monsieur le maréchal...

LE MARÉCHAL : Quoi ?

ALARICA : Rien.

LE MARÉCHAL : Allons... Allons... *(Il va vers la fenêtre, revient.)* Le bougre n'est pas du tout maladroit. Il s'y est pris avec brio, eh ! eh ! du nerf, du... chrrrt ! Il a su toucher le cœur d'une reine. Même si ça lui coûte un membre, il gagne encore.

ALARICA : Le cœur d'une reine ?

LE MARÉCHAL : Ah ! ça !... Le vôtre.

ALARICA : Le cœur d'une reine... Mon cœur... Les anémones, les églantines, les marguerites, les fleurs, toutes les fleurs sont mélangées, dans un panier, comme de la terre. Dans ces fleurs, dans cette terre, des galeries sont creusées. Les galeries des hommes coupent celles des femmes. Pour chaque galerie, il n'est qu'un croisement. L'homme et la femme ne se rencontrent qu'une fois.

LE MARÉCHAL : Il est six heures moins cinq. Nous partirons sur les dix heures. Je ne serai tranquille, je l'avoue, que quand je verrai les iris bleus sur les blancs drapeaux d'Occident et les verrues du cardinal de la Rosette[1]. Tranquille est une façon de parler. Le cardinal, premier ministre d'Occident, que j'ose à lui me présenter comme premier ministre aussi, quand je compare à la grandeur effective de sa charge la petitesse de la mienne, je me fais l'effet du rat se disposant à donner du compère au bœuf.

Le lieutenant et la gouvernante apportent F... inerte.

LE MARÉCHAL : Vous êtes folle, Madame ! Vous êtes folle ! Vous ne songez tout de même pas à mettre ce particulier dans la chambre de la princesse !

LA GOUVERNANTE : C'est la meilleure de la maison. Nous sommes sur le point de partir. Et, dans l'état que le voici, le pauvre enfant, que pourrait-on craindre de lui ?

LE MARÉCHAL : A-t-il passé ?

LA GOUVERNANTE : Tenez-le ferme, lieutenant ! Quelle misère !

LE LIEUTENANT : La balle s'est écrasée sur la queue de sa perruque. Si les balles étaient pointues, de tels accidents n'arriveraient pas. Les balles entreraient tout droit.

LA GOUVERNANTE : Sale charcutier ! Tirez-lui ses bottes... Doucement... Doucement... Maréchal, voulez-vous, je vous prie, tendre le paravent, que nous accommodions le malade.

LE MARÉCHAL : À quoi sert d'avoir tout appris, tout, de savoir quatre ou cinq langues, d'être le premier ministre d'un royaume où il y a, j'en conviens, plus de bouleaux et de marécages que de lampadaires et de monuments, et me voilà qui pousse le paravent et qui, bientôt, tiens le pot d'un godelureau... Si le cardinal de la Rosette me voyait ! Vous savez qu'ils ont adopté la baïonnette triangulaire, en Occident. Quels cerveaux !

ALARICA : Il est jeune. Il ne songeait qu'à vivre.

LA GOUVERNANTE : La cuvette ! Passez-moi la cuvette !

LE MARÉCHAL : Il y songeait peut-être trop. Pour moi, quand je suis là, portant cette cuvette, comme si je fusse l'ordonnance de ce fricoteur, c'est, sans doute, afin que je me rende bien compte que nous, les grands personnages, nous avons du mal à nous garder hors de la rubrique commune et que la main la plus illustre s'adapte comme la plus rustique à la solidité des objets.

LE LIEUTENANT : La balle est tombée, par-derrière, dans le bâillant de la jaquette. Je l'ai !

LA GOUVERNANTE : Ne criez pas comme ça ! Vous allez l'exténuer.

LE LIEUTENANT : Elle pourra, de nouveau, servir.

LA GOUVERNANTE : Ses paupières... Ses paupières remuent...

LE LIEUTENANT : Il ne fut sans doute qu'assommé. Il ne tardera pas à reprendre ses sens. Le bougre en est grandement pourvu.

LE MARÉCHAL : En somme, il ne passe pas. C'est ennuyeux. Un homme mort n'est plus un homme. Mais un homme vif, dont les paupières remuent, dans la chambre de la princesse, le jour qu'elle se marie...

F... : J'ai sommeil. Quelqu'un m'a donné du gourdin sur la nuque. J'ai vu mille soleils. J'ai sommeil. Sommeil, sommeil[1].

LE MARÉCHAL : Qu'est-ce qu'il raconte ?

F... : Ah ! C'était beau. Des violons volaient à l'entour des soleils[2]. Les soleils ruisselaient, comme du sable, dans une grande... dans une... Des chemins se croisaient dans ce sable, dans ces soleils... Il y avait, dans chaque chemin, une dame, ou un cavalier. Je veux dormir.

LA GOUVERNANTE : Il s'endort paisiblement, le sourire sur la lèvre.

ALARICA : S'il est hors de danger, rien ne saurait justifier qu'il reste dans ma chambre.

LA GOUVERNANTE : Alarica !

ALARICA : On l'aurait tué, peut-être me serais-je tuée. Mais les lois de la vie ne sont pas les lois de la mort. S'il vit, qu'il parte. Monsieur le maréchal !

LA GOUVERNANTE : Alarica... Qu'est-ce qui te prend ?

ALARICA : Monsieur le maréchal, vous vous taisez ?

LE MARÉCHAL : Je ne me tais pas. Je me consulte.

ALARICA : Je suis princesse héritière de Courtelande, deux cent mille habitants[1], et, dès ce soir, je serai reine d'Occident, dix fois plus...

LE MARÉCHAL : Sans compter les rouges, les noirs...

ALARICA : ... et je n'ai pas le pouvoir, je n'ai même pas le pouvoir de faire mettre hors de ma chambre quelqu'un qu'il me déplaît d'y voir.

LA GOUVERNANTE : Chut... Il dort... Un ange.

LE MARÉCHAL : Nous répandrions l'événement, nous aurions sur le dos le bourgmestre, le tribunal, l'électeur. Est-ce bien le moment de risquer de faire tourner la mayonnaise[2] ? *(Vers le lieutenant.)* Au point où nous en sommes, si ce mariage nous pétait dans la main, nous serions des enfants, mon cher, des enfants. Allez faire préparer la voiture. *(Le lieutenant sort.)* Le cœur me pince et le ventre me glace à la pensée de Monseigneur de la Rosette. Les princes se marient entre eux, d'un sexe à l'autre. Moi aussi, je vais me marier. Mais ce qui m'attend, franchi le fleuve, c'est les verrues du cardinal, et je me sens tout aguiché, tout ému...

Il sort.

LA GOUVERNANTE, *à la princesse* : Mettons-nous dans

le lit quelques instants encore avant que nous nous apprêtions. Alarica, tout à l'heure, tu m'as surprise, tu sais. Méchante jamais tu ne fus. Tu l'aurais renvoyé, dans la neige, ce pauvre garçon, avec son cou presque rompu, ses jambes toutes tremblantes ? Est-ce sa faute, si les balles ne sont pas pointues ?

ALARICA : Méchante je ne suis pas, mais l'injustice m'indispose. Un homme doit agir et conquérir debout. Je redoute une perfidie chez celui qui procède les pieds au niveau de la tête.

LA GOUVERNANTE : Telle est, pourtant, la posture que dicte la plus grande joie de l'amour.

ALARICA : Et cet homme, s'il n'est pas le roi, s'il a pris, dans mon cœur, un instant et peut-être à jamais, la place du roi, il a volé le roi, et tu sais que je veux, que j'aurais voulu être l'épouse la plus limpide, la plus droite.

LA GOUVERNANTE : Ton mariage n'est pas encore consommé. Ne te mets pas martel en tête. Maintenant, récapitulons. À la frontière occidentaise tu prends livraison de tes dames d'honneur, Lucie de Boissangel, Hermine[1] de Pompelane[2], Françoise de Chazouran, Roberte d'Iffimeur. Après, le marquis de Brissac[3], avec ses cuirassiers, t'escorte jusqu'à Sistrebourg, où tu te trouveras en présence du roi d'Occident. Ma petite chérie... La rencontre aura lieu en l'hôtel du gouvernement militaire. « Madame, te dira le roi, béni soit le jour où, à la plus belle comme à la plus digne des princesses, le glorieux bonheur m'est consenti d'offrir le tribut de mon regard, avant que je lui accorde l'appui de mon bras et qu'avec elle je partage la grandeur de ma situation et les tendresses de la famille. » À toi. C'est à toi. Réponds.

ALARICA : « Sire, nulle faveur ne pouvait m'être plus précieuse... » Foin ! Foin ! Tu me l'as fait répéter dix mille fois. Ça commence à me sortir par les yeux. Réciter, d'abord, c'est mentir. Mentir m'irrite très fort.

LA GOUVERNANTE : Surtout, mon lapin bleu, ne roule pas les r. Ils te jugeront sur ton accent.

ALARICA : Je les jugerai sur le leur.

LA GOUVERNANTE : Les ministres respectifs de l'un et l'autre royaume parapheront le contrat. Le mariage aura lieu à minuit, dans la cathédrale[1]. Et, dès le lendemain, c'est-à-dire demain, tu pars pour Montrouge[2], ta capitale d'Occident. Là, toute une semaine, les fêtes se dérouleront, toute une semaine, toute la vie. À ton père, qui nous suit à une journée et qui te rejoindra là-bas, tu apparaîtras dans toute la gloire de ta féminité complète et de ta fraîche royauté.

ALARICA : Mon père... Je redoute, pour lui, toutes ces ornières, toute cette neige. J'espère qu'il viendra sans sa béquille.

LA GOUVERNANTE : Il en a besoin.

ALARICA : Je n'en suis pas sûre. Une canne lui suffirait. Entre mon père et moi rien jamais ne fut d'un peu malaisé, d'un peu tordu, que cette béquille. Je voudrais qu'il s'en passe. Il pourrait s'en passer.

LA GOUVERNANTE : Sur elle il s'appuie.

ALARICA : Il appuie sur elle. Franche elle n'est pas.

LA GOUVERNANTE : Ton père, en sa jeunesse, c'était un gaillard. S'il avait une béquille, elle était de feu. Il est devenu sage.

ALARICA : Devient-on sage de ce que l'on devient vieux, ou vieillit-on à force de sagesse ? Est-ce qu'on meurt de ce qu'on n'a plus rien à faire, ou n'a-t-on plus rien à faire par cela même qu'on est mort ?

LA GOUVERNANTE : Il me semble que l'on meurt à l'instant que l'on n'a plus rien à faire. Que l'on meure prouve, en effet, que l'on n'avait plus rien à faire.

ALARICA : Puisqu'il n'est pas le roi, celui qui m'embrassa, pourquoi n'est-il pas mort ? Je l'aime, sans doute, à jamais. Mais je ne le verrai plus. Je serai une épouse droite, une reine limpide. Pourquoi, pourquoi n'est-il pas mort celui qui m'embrassa, qui troua notre porte ?

LA GOUVERNANTE : Pendant huit ans, ni de jour ni de nuit, je ne t'ai quittée. Prétendrai-je que je te connais ? Une petite, petite fille, mais, qu'on la gratte, sous les joujoux, sous les caprices, que trouve-t-on ? Le diamant. Ton cœur est dur.

ALARICA : Dur ? Non. Pur. Je veux qu'il soit pur.

LA GOUVERNANTE : Repose-toi, cerise. Ta robe, aujourd'hui, va peser le diable.

Silence.

ALARICA : Je réfléchis. D'abord, cet homme, tu le chasses. Ensuite, tu le dorlotes. Ton fils, il serait ton fils, tu ne te remuerais pas plus.

LA GOUVERNANTE : Mon fils ? Il l'est.

ALARICA : Comment ?

LA GOUVERNANTE : Les hommes sont les fils des femmes.

ALARICA : Des jeunes filles, alors, les jeunes hommes sont les amants, même à distance et sans qu'on vous ait présentée ?

LA GOUVERNANTE : Je crains qu'il en soit ainsi. Mais on est davantage la mère d'un homme entre tous, et de plus près la maîtresse de celui qui vous ferme dans ses bras.

ALARICA : Dans ses bras me fermera-t-il ?

LA GOUVERNANTE : Qui ?

ALARICA : Le roi, mon époux.

LA GOUVERNANTE : Le principal est qu'il en ait. Repose-toi. Nous n'avons plus que quelques minutes.

On frappe à la porte.

LA GOUVERNANTE : Qui est là ?

UNE VOIX, DERRIÈRE LA PORTE : C'est le roi.

FIN DE L'ACTE PREMIER.

ACTE DEUXIÈME

Même lieu. Mêmes personnages. L'acte s'enchaîne avec l'acte précédent. On continue à frapper à la porte de la chambre de la princesse.

LA GOUVERNANTE : Quoi ? Qu'est-ce que c'est ?

... — Le roi, vous ai-je dit. C'est le roi qui est à votre porte.

LA GOUVERNANTE : Quel roi ?

... — Le roi Parfait, dix-septième du nom. Le cardinal de la Rosette, mon ministre, est avec moi.

LA GOUVERNANTE : Ça, c'est le bouquet.

... — Je suis Parfait, roi d'Occident.

LA GOUVERNANTE : La princesse n'est point levée encore.

... — Je laisse la parole au cardinal.

UNE AUTRE VOIX : Nous avons fait force de brides, précisément, pour surprendre la princesse avant l'heure du lever. Mais que la princesse daigne se hâter de nous permettre de pénétrer.

ALARICA : La porte n'est pas close.

LA GOUVERNANTE : Tu perds l'esprit. Attends au moins que je me mette debout. Cette fois, sans erreur, c'est le roi. Tu t'en souviens, de ton texte ?

Entrent le roi Parfait et le cardinal de la Rosette.

Le roi d'Occident est en vert, avec des bottes. Petite perruque. Tendance à l'embonpoint. Le cardinal est en habit de voyage. Il porte un manteau sur le bras.

Tous deux s'inclinent.

PARFAIT : Oh ! Qu'elle est jolie !

LE CARDINAL : Et si jeune ! Une enfant !

PARFAIT : Mademoiselle, veuillez ne voir, dans le soin que je pris d'abréger votre voyage, que mon empressement à rendre, pour moi, plus prochain l'instant de contempler ma charmante, ma jolie cousine.

ALARICA : Je suis sensible à votre hâte, mon cousin. Elle m'agrée beaucoup, beaucoup. Madame Toulouse est ma gouvernante. Elle est d'Occident. C'est elle qui me paracheva dans votre langue et dans vos manières.

LE CARDINAL : Vous avez su, Madame, sauvegarder cette merveille et rien, quand on y pense, rien ne serait plus déplaisant que la traverse où vous seriez de lui interrompre vos soins alors qu'on peut se demander si vraiment elle a dépassé l'âge de les recevoir[1].

ALARICA : Oh ! Mais je n'ai pas l'intention de me séparer de Toulouse. Il ne manquerait plus que ça !

LA GOUVERNANTE : Votre Altesse, si l'intérêt de votre fortune l'exige, moi, je suis prête, sans amertume ni rancœur, à me retirer à jamais de la présence de Votre Altesse.

LE CARDINAL : Pas si vite, ma mie. Pas si vite. Le feu n'est pas au moulin.

LA GOUVERNANTE : Ne serait-il point décent que Sa Majesté nous accordât le loisir de nous vêtir ?

LE CARDINAL : Recouchez-vous, Madame, recouchez-vous. Les matins sont froids.

LA GOUVERNANTE : Là-bas, en Courtelande, ils sont encore plus froids.

LE CARDINAL, *au roi* : Une âpre contrée, Monseigneur. C'est bien ce que je pensais. Hormis la pluie, ils n'ont rien.

ALARICA : Nous avons du bois.

LE CARDINAL : Le bois, dans les pays civilisés, sert à faire des meubles, mais où les mettre, les meubles, quand on n'a pas de maisons et vous ne devez pas en avoir beaucoup, de maisons, dans votre campagne sauvage ! Le bois sert aussi à faire des navires, mais ils marcheraient comment, sans un peu de mer ?

ALARICA : Nous avons des fleuves.

LE CARDINAL : Vous plaisantez.

LA GOUVERNANTE : Il ne m'en coûte pas peu d'intervenir bien au-delà des droits de ma condition, mais j'ai trop longtemps servi la famille de Son Altesse et Son Altesse elle-même, et j'ai trop vécu en Courtelande, depuis que la Courtelande, cessant d'être une république palatine, devint une monarchie à l'ombre du trône du roi Célestincic...

LE CARDINAL : Assez ! Assez ! Pour qu'il y ait de l'ombre, d'abord, il faut qu'il y ait du soleil.

ALARICA : Mais nous en avons ! L'été, j'ai les bras tout noirs. Et nous avons aussi un théâtre, avec un péristyle grec, une route postale et une école primaire de cavalerie.

LE CARDINAL : C'est une enfant ! Vous oubliez à qui vous parlez. Le roi d'Occident possède quatorze palais principaux, totalisant trois cent quarante-quatre mille lieues de couloirs et de vestibules. Notre flotte comporte cinquante-trois vaisseaux de ligne...

ALARICA : Je n'oublie pas à qui je parle. Je sais que je parle à mon fiancé.

LE CARDINAL : Fiancé ! Fiancé ! Méfions-nous des mots qui disent d'avance, pour ainsi dire, ce qu'ils veulent dire, et qui le tuent dans l'œuf, des mots qui sont une musique, une propagande, une fumée. Ah la la ! Qui s'obstine à ne chercher, ici-bas, que le bonheur, celui-là s'expose à rencontrer, sur sa route, d'abord l'ennui et, plus tard, le remords. Femme de roi, croyez-moi, c'est un état pour lequel il convient d'avoir de fortes épaules.

ALARICA : Je suis fille de roi, Monseigneur. Je ne pense pas qu'il vous appartienne de m'instruire dans une matière qui m'est plus familière qu'à vous.

LE CARDINAL : La Courtelande n'est royale que depuis que les grandes puissances en ont ainsi décidé, il y a huit ans, deux fois quatre huit.

PARFAIT : Monseigneur de la Rosette !

LE CARDINAL, *imitant le roi* : Monseigneur de la Rosette ! Monseigneur de la Rosette ! Elle me fait bouillir.

PARFAIT, *à la princesse* : Qu'avez-vous ? Vous pleurez ?

ALARICA : Je n'ai rien. Laissez-moi.

LE CARDINAL, *au roi* : Surtout, n'allez pas vous laisser ramollir. Les larmes de la femme moisissent le cœur de l'homme.

PARFAIT : Mignonne... Mignonne... Ne vous désolez pas. Que puis-je faire pour vous plaire ? Demandez-moi ce que vous voudrez.

LE CARDINAL : Vous entendez ? Le roi — plaignez-vous ! — le roi vous accorde tout, tout — hormis ce qui ne lui appartient pas, ce qui ne lui appartient pas au point qu'il pût en disposer comme un bourgeois de son bien.

PARFAIT : Cousine, vous êtes plus jolie, vous êtes bien plus jolie que je l'espérais, que je le redoutais. Je vous aurai au moins dit cela.

ALARICA : Sire...

LE CARDINAL : Le roi n'a pas tout dit.

PARFAIT : Monseigneur, je préférerais que ce fût vous.

LE CARDINAL : Ce n'est pas moi qui me marie.

PARFAIT : Ce n'est pas moi non plus.

LE CARDINAL : Vos atermoiements empirent la blessure qu'il vous faut faire. Allez-y. N'ayez pas peur.

PARFAIT : Mademoiselle, si les rois avaient un cœur pour de bon, le mien serait, en ce moment, du raisin écrasé dans le fond d'un panier. Voilà ce que serait mon cœur, si les rois avaient un cœur. Mais il paraît qu'ils n'en ont pas, vu que céans je me dispose à vous faire bien du chagrin.

LE CARDINAL : Forcez ! Forcez !

ALARICA : N'allez pas plus avant. J'avais compris dès que j'ai vu cet homme.

LE CARDINAL : Permettez. Je suis cardinal...

ALARICA : Je ne les verrai pas, les iris d'Occident. Je ne recevrai pas la couronne. Je ne connaîtrai jamais les visages de mesdames de Boissangel, de Pompelane, de Chazouran, d'Iffimeur. Légère comme une déesse, portée par mon mari et suivie par ma robe, je n'entrerai pas, je n'entrerai pas dans la cathédrale. Je ne les dénombrerai pas, les cuirassiers, les navires, les vestibules. De loin, de bien loin, on l'a fait venir, la pauvre bête, au juste endroit où l'attendait le piquant de la dague.

Le roi s'agenouille, en sanglotant, au pied du lit.

PARFAIT : Je ne puis rien contre la convenance administrative. Elle dispose de ma personne, de ma viande.

LE CARDINAL : Entrez dans le détail. N'hésitez pas.

PARFAIT : L'Espagne me menace sur mes frontières du Sud. Ses felouques canonnières ont bombardé mes cultivateurs de maïs. Le Danemark, lui, me taquine par le haut. Les régiments danois à toque rouge défilent, pour me narguer, toute la semaine...

LE CARDINAL : Y compris le lundi.

PARFAIT : ... à courte portée de mousquet de mes forteresses du Nord.

LE CARDINAL : L'Espagne met une égale et constante promptitude à nous proposer la guerre et à nous tendre l'amour[1]. Ses îles africaines, chargées d'artillerie, nous barrent la route de l'or, et, sans or, ma chère, comment se battrait-on ? Comment vivrait-on ? Or, le roi d'Espagne a une sœur.

ALARICA : Mercédès.

LE CARDINAL : Ah ! Vous savez *(Au roi.)* Elle est au courant. *(À la princesse.)* Mes compliments ! Mercédès est encore fille. Tant que nous fûmes à couteau tiré avec l'Espagne, il eût été délicat d'envisager des épousailles qui, pourtant, eussent confirmé une tradition séculaire. Par ses ancêtres, en effet, le roi d'Occident contient trois bonnes pintes de sang castillan. Le roi devenant, petit à petit, tout à fait d'âge à se marier, il fut décidé qu'il se jetterait à l'eau, et c'est pourquoi, ma belle, nous eûmes l'honneur de demander votre main à monsieur votre père. La politique comporte plus d'un étage et chaque étage un certain nombre d'appartements. Vous êtes assez grande pour me suivre. À vrai dire, le mariage espagnol n'avait pas cessé de me trottiner. Il semblait, cependant, que je dusse en faire mon deuil, non pas tant à cause de la guerre avec ces délicieux Espagnols — cette guerre, à force de se perpétuer, tourne à l'académie, à la constellation — qu'en raison de nos difficultés avec le souverain de Danemark, lequel, comme vous devez également le savoir, est, par les femmes, le propre grand-père du roi d'Espagne, et, par conséquent, de Mercédès. Le Danois nous en voulait beaucoup de notre attitude dans l'affaire des peaux de morue, et Mercédès n'eût jamais rien fait qui pût chagriner le bonhomme. Ils se tiennent, dans cette famille, c'est effrayant ! Tout compte fait, la peau de morue peut être remplacée, avec avantage, par de la toile gommée. Nous laissons au Danemark les mains libres pour la morue et nous mettons l'Espagne dans nos draps. Vous me suivez toujours ? Mais qu'y -a-t-il ?

Alarica demeure silencieuse.
Petit à petit elle se met à chanter.

Sti via préchouiss ta ngarok
Dra nagocène polista
Dak amour sbinviaïe miarok
Fala roui mi sta.

E di ga liala mano
Prodjionnié biélou sgondjiane
Padmiliaguinn stroudtsnano
Madavlia gorapandjiane[1].

LA GOUVERNANTE : Ma douce... Ma colombe... Noisette d'or, tu me fais peur.

LE CARDINAL : Que nous chante-t-elle là ?

LA GOUVERNANTE : Une chanson qu'en Courtelande ils avaient faite pour ses épousailles.

LE CARDINAL : Que dit cette chanson ?

LA GOUVERNANTE : La chanson dit que la saison du blé, *préchouiss*, vient après la saison du froid, *ngarok* et que l'amour, *amour*, fleurit au cœur de la fille du roi. Une grande marguerite pousse sur la terre grise. Tous, les pauvres, les malheureux, tous ont le droit de se nourrir dans le cœur de la marguerite. Le cœur de cette fleur est le pain du bonheur. La chanson dit encore...

LE CARDINAL : Le droit des gens et la musique ne sont pas plus faits pour aller ensemble que le sang et la pisse. *(Méprisant.)* Stroudtsnano[1] !

La princesse, d'une voix de plus en plus basse, continue à fredonner.

PARFAIT : Continuez... Continuez à me massacrer de douleur. Encore un peu de cette déchirante musique et je me fais sauter la cervelle jusque sur votre couverture. *(La princesse se tait.)* Je ne veux pas que vous souffriez. Ne souffrez point. Il ne serait pas trop de mon sang pour noyer vos larmes.

LE CARDINAL : Mademoiselle, nous ne sommes pas des brutes. Vous allez voir. *(Il frappe sur sa serviette.)* Nous vous avons apporté la donation sans frais ni taxe de deux châteaux en Occident, l'un, non loin de la mer océanique, l'autre dans la province où viennent les primeurs. De plus, nous vous remettons, pour votre père...

Le maréchal, en habit de fête, frappe la porte et entre aussitôt.

LE MARÉCHAL : Maintenant, Mesdames, le moment est là. Il faut vous apprêter. Je ne serai tranquille, décidément, que lorsque j'aurai vu les iris d'Occident et les verrues du cardinal.

LE CARDINAL : Regardez-les, mon camarade ! Quand vous en aurez vu d'aussi belles !

Le maréchal demeure stupide.
Il s'agenouille devant le roi.

LE MARÉCHAL : De votre personne, Sire, je suis l'indigne serviteur. Mon heureuse, ma divine surprise à voir Votre Majesté réduire les attentes du protocole ne pouvait être distancée que par celle que Votre Majesté m'aurait causée en démentant le pli de sa lignée, qui est de tempérer la puissance par la bonté, qui est aussi de savoir, et de manifester, que l'esprit domine tout au point qu'il n'a rien à craindre du cœur, si le cœur, parfois, passe devant lui.

LE CARDINAL : Je disais, Monsieur le maréchal de la noblesse, que nous allions vous remettre, pour le souverain de Courtelande, primo, une lettre, et, secundo, une lettre de change, qu'est-ce que vous en dites ? sur les frères Ziegler, de Dresde. La lettre de change est de quarante-quatre écus d'Occident, c'est-à-dire, à marché ouvert, trois cent mille florins de Courtelande, qui vous permettront, braves gens ! d'ajouter une colonne aux quatre du péristyle du théâtre en votre métropole de paille et de pluie.

LE MARÉCHAL : C'est un régal ?

LE CARDINAL : C'est un congé.

LE MARÉCHAL : Oh ! Oh ! Si les nations avaient une figure, je dirais que la Courtelande vient de recevoir un camouflet. Monsieur le ministre, m'expliquerez-vous ?

LE CARDINAL : Nous épousons l'Espagne et la féconderons[1].

LE MARÉCHAL : Mais cette petite ?

LE CARDINAL : Cette petite épousera qui elle voudra. Les hommes ne manquent pas, dans la chrétienté.

LE MARÉCHAL : La décision du cabinet d'Occident nous crée un trouble profond et nous porte un grand préjudice.

LE CARDINAL : Bourgeois et bourgeoises, vilains et vilaines se flairent, se choisissent à loisir. Il en va tout autrement pour les têtes couronnées. L'opportunité gouvernementale appareille le masculin au féminin sans se soucier des sentiments individuels. Votre princesse a de la chance. Répudiée avant le sacrement, mais émoustillée par l'odeur du cierge, elle redevient vacante, alerte, futée.

PARFAIT : Je tremble de honte et de peine. Il est temps que nous nous retirions.

LE MARÉCHAL : La Courtelande n'est qu'une patrie étroite, c'est entendu, mais la puissance est une bête nomade. Il advient qu'elle se dégoûte d'une place pour s'établir dans une autre. Êtes-vous bien sûr, Monsieur le ministre, que vous n'aurez jamais à compter avec un peuple que présentement vous mortifiez d'autant mieux que vous l'aviez traité avec des égards inattendus ?

LE CARDINAL : Le plus clair de l'histoire, c'est que mes navires, pour la plupart, sont au radoub[1]. La paix avec l'Espagne, je regrette d'avoir à la payer de la déconvenue d'un tendron[2]. Je regrette, mais je persiste.

LE MARÉCHAL : Mais elle, la pauvrette ! Elle existe. Elle a une âme. Elle a un corps. Elle n'est pas qu'un nom dans un contrat glacé.

LE CARDINAL : Vous avez dit qu'elle a un corps. C'est bien ce que vous avez dit ?

LE MARÉCHAL : Certes...

LE CARDINAL : Tant pis pour vous. Tant pis pour elle. Sur le corps de la jeune personne, puisqu'on est allé jusqu'à le mettre, tout chaud, dans le débat, j'ai, là, quelque chose... *(Il frappe sur sa serviette.)* Il s'agit de la déposition d'une converse du couvent de Sainte-Flamande, à Stettin[1], où la princesse Alarica, dans son enfance, passa quelques années. D'après cette déposition, reçue par notre consul, la princesse aurait...

LA GOUVERNANTE : Mon Dieu ! Qu'est-ce qu'on va nous sortir...

LE MARÉCHAL : Je m'élève contre ces procédés.

PARFAIT, *au cardinal*: Croyez-vous qu'il soit utile, vraiment...

LE CARDINAL : La princesse aurait les doigts de pied qui se tiennent. Et ce n'est pas tout... Ce n'est pas tout...

Il se penche à l'oreille du maréchal.

LE MARÉCHAL : Quoi ? Votre Excellence a-t-elle vérifié ?

LA GOUVERNANTE : Je connais la princesse. Elle est saine comme l'œil. Elle est aussi claire que Dieu.

PARFAIT : Monseigneur, je vous convie à répéter à voix haute ce que vous venez de filtrer.

LE CARDINAL : Pour diverses raisons vous ne sauriez l'entendre.

ALARICA : Monsieur le ministre !

LE CARDINAL : C'est à moi que vous parlez ?

ALARICA : Monsieur le ministre, considérez, je vous prie, qu'un ministre représente le degré le plus élevé du domestique, et qu'il est, par conséquent, le domestique le plus certain, le moins contestable, en dépit de ses mâts et de ses vestibules et du tonnerre qu'il emprunte pour organiser la mort. Tant que ne furent sur le tapis que la vicissitude des peuples et même ma carrière, je me suis contenue. Mais qu'on touche à mes doigts de pied, je saute. Des doigts de pied de femme comme les miens, vous n'en avez peut-être jamais vu. Tenez, mon brave, goûtez-les. Vous m'en donnerez des nouvelles.

Elle promène ses jambes nues sous le nez du cardinal. Le maréchal et la gouvernante tentent de réprimer l'emportement d'Alarica, qui est debout sur son lit et qui saute.

ALARICA : Palpito ! Gorgino !

LE CARDINAL : Qui appelez-vous ainsi ?

ALARICA : Mes petits oiseaux de devant. Mes rossignols de neige, mes écureuils dorés. Gorgino ! Palpito ! Peut-être a-t-on dit aussi, mes petits, que vous battez de l'aile, ou que vous inclinez votre queue vers la terre. Pauvres petits lapins, petits choux, petits vous. Toi, Palpito, blanc comme la nuit, tu contiens le petit grain noir de lune près du grand soleil rosissant. Toi, Gorgino, toi le plus près du cœur, toi le chapeau d'ivoire et de satin de mon cœur...

Elle arrache sa chemise. La gouvernante et le maréchal s'efforcent de l'en empêcher. Ils gravissent le lit, qui s'écroule à moitié. La fille leur échappe.

PARFAIT, *accablé* : Ces imprévus dépassent mes réserves.

ALARICA : Il n'y a pas que Palpito. Il n'y a pas que Gorgino. Il y a aussi... Il y a aussi... *(Au cardinal.)* Vos agents masqués vous ont sans doute appris que celui dont je veux parler se tient bien mal dans sa cabane de fenouil et qu'il oublie parfois de clouer ses volets.

LE CARDINAL : Elle est folle. Attrapez-la ! Mais attrapez-la ! Tenez-la bien. *(Au roi.)* Le danger que la Providence et ma vigilance vous épargnent, Sire, vous le mesurez, maintenant. Tenez-la donc ! Ah !

Alarica de nouveau se glisse et s'enfuit.

LE CARDINAL : Foutus maladroits.

Alarica danse, provocante, entre les autres, qui s'essoufflent. Elle vient près du cardinal.

ALARICA : Cardinal de la Rosette, vous avez peut-être des jambes aussi. Mais vous faites bien de les cacher. Les miennes n'ont pas peur du soleil des regards. Vous voulez m'attraper ? Mais il ne tient qu'à vous. *(Elle se jette contre lui.)* Je vous brûlerai jusqu'à l'os.

LE CARDINAL : Si seulement je me rappelais l'exorcisme. Excipiens... Ex planeta... De cordibus... Chimera... Retro... Retro.

LA GOUVERNANTE : Remets ta chemise, ma prune, ma sorbe. Il fait froid.

ALARICA : Froid ? Comment pourrait-il faire froid ? Nous sommes près, tous près, du sublime Occident. Je flambe. Nous flambons.

LA GOUVERNANTE : Mets tes pantoufles, tout au moins. Viens, petit, que je te les mette. Tu risques le rhume.

ALARICA : Je ne suis pas de celles qui crèvent comme ça.

La gouvernante et le maréchal essaient de lui jeter au vol la chemise sur le corps. Alarica s'échappe encore.

LE CARDINAL : Une reine nue comme une jument, voilà la calamité que nous épargnera l'ange gardien de l'Occident. Certes, je ne suis pas un enfant de chœur. Mais je frémis jusqu'au tréfonds de ma tripe. La vergogne[1]...

ALARICA : Bien davantage encore frémiriez-vous si

vous saviez le spectacle où vous allez être accepté.

LE CARDINAL : Mais malheureuse ! Pour autant que je m'y connaisse, vous n'avez plus rien à montrer.

ALARICA : Si.

LE CARDINAL : Quoi ?

ALARICA : Le dedans. *(Elle va vers le roi.)* Messire, baillez-moi votre couteau et vous verrez mon suave cœur. Vous verrez mon cœur et vous aurez peur. Ou, plutôt, vous-même, fendez-moi. Cela se passait ainsi dans le temps. Vous pourrez, mon cœur, le jeter aux chiens.

LE CARDINAL : Et, en plus, elle a l'air de lire des romans !

PARFAIT : Que faut-il que je fasse ? Désignez-moi vos ennemis. Je suis votre homme.

ALARICA : Quels ennemis une fille pourrait-elle avoir... Nous n'avons tous qu'un ennemi, le vinaigre du monde... Toulouse ! Toulouse ! Qu'est-ce que tu fais ? Tu me laisses là, dans le froid. Donne-moi vite ma robe. *(Toulouse s'approche avec la chemise et la robe.)* Non !... Non !... La robe seulement. Messieurs, ne me regardez pas.

LE CARDINAL : Il est bien temps !

ALARICA : Je suis toute confuse.

LA GOUVERNANTE : Passe d'abord la tête. Tu parleras après.

ALARICA, *sous la robe* : Je vous en prie... Ne me regardez pas.

LE CARDINAL : Il n'y a plus rien à voir.

PARFAIT : Elle vous a dit de ne pas la regarder. Monseigneur la Rosette, vous pouvez être sourd à la voix de l'innocence persécutée mais il ne vous est pas permis de refuser d'entendre votre roi.

LE CARDINAL : Votre Majesté le prend avec moi sur

un ton...

PARFAIT : Je m'avise en cette minute que la plus grande couardise consiste à éprouver sa puissance sur la faiblesse d'autrui. *(Il montre la princesse.)* Voyez-la toute secouée, toute chétive. Vous êtes un chenapan.

LE CARDINAL : Le lieu et l'instant, mon cher garçon, se prêtent-ils à cette sortie ? Dieu sait sous quelle forme elle parviendra dans les mains des journalistes, des philosophes. Vous auriez été mieux inspiré d'attendre que...

PARFAIT : Vous avez fricassé toute cette affaire. Il vous faut maintenant l'avaler. Puissiez-vous en étouffer !

ALARICA : De rose et d'azur l'église est drapée. Devant le fleuve brillent les cuirassiers.

PARFAIT : Alarica ! Alarica ! *(Il montre le cardinal.)* Notre mariage, pardon ! pardon ! notre mariage ne fut manigancé par le cardinal qu'afin de chatouiller, d'accélérer la conclusion de notre accord avec l'Espagne. Dès le commencement, c'était une comédie. Voilà la vérité !

ALARICA : La vérité... Quelle drôle de chose, alors, la vérité...

PARFAIT : Je voudrais être ce cuirassier, là-bas.

LE CARDINAL : Quel cuirassier ?

PARFAIT : Je ne sais pas. N'importe lequel des cuirassiers devant le fleuve. Ils ont trois sols par jour. Le soir, ils fument la pipe. Leur marmite sent bon le mouton. Si le service les ennuie, ils n'ont qu'à filer du royaume. Moi-même, ici, j'échappe au roi. Je m'échappe !

LE CARDINAL : Ce ne sont pas les frontières, mon fils,

qui délimitent un royaume, mais la crainte d'offenser Dieu, c'est-à-dire l'ordre, c'est-à-dire, jusqu'à nouvel ordre, et dans n'importe lequel des États de la chrétienté, le roi. Qui manque à cette crainte perd la vie. C'est net. En attendant, je mangerais bien un morceau[1].

LE MARÉCHAL : Nous n'avons nous-même rien pris. En bas nous attend notre déjeuner. Café. Jambon. Cervelas.

PARFAIT, *à la princesse* : Chérie ! Chérie ! À dix lieues Stuttgart. À vingt lieues, Hanovre[2]. Après, la campagne... La plaine... La nuit... Nous sommes en paix avec l'électeur de Saxe. Ma cavalerie n'aurait aucune raison de franchir la frontière germanique. C'est respectable, une frontière. D'ailleurs, bien avant que le cardinal ait pu rejoindre mon frère et le prévenir, je serai loin, piquant vers l'Est et nargue[3] au roi ! *(À la princesse.)* Vous montez, naturellement ? Vous prendrez le trotteur du cardinal. Venez. Nous partons.

ALARICA, *s'agenouille devant le cardinal* : Mon Père, je vous prie de me pardonner. Je vous ai grandement manqué. Je croyais que c'était les autres.

LE CARDINAL : Les autres ?

ALARICA : Oui, je croyais que la maladresse, la souffrance concernaient les autres. Moi, j'étais faite pour la santé, pour la victoire. Idiotka[4] !

PARFAIT : Chérie ! Chérie ! Nous partons.

ALARICA, *au cardinal* : Monseigneur, il est fréquent, il est reconnu que l'adversité mûrit le tempérament. Le mariage auquel on avait songé m'apparaît, en effet, comme un songe. Quand l'impératrice Elisabeth[5] fit venir la jeune et misérable Catherine de Zerbst pour la donner, comme épouse, à son fils et assurer par ce moyen l'éternité du trône de Russie[1], elle agit en mère prudente, en souveraine avisée. Mais l'on aurait tort de conclure du succès de Catherine à l'inévitable, à la mathématique vertu des mariages de ce genre. Quand le roi d'Occident vient dans le moment de s'unir, il doit le faire à la hauteur de son destin et sans que souffre la clarté de ses ancêtres. Sa vie n'est à lui qu'autant qu'il la dévoue à la conservation d'une gloire et d'une grandeur qui ne s'alimentent que de leurs propres espèces. Lui ne saurait épouser que l'Espagne, l'Autriche ou l'Angleterre, nations importantes, nations fructueuses. Les lions se marient dans le trou des lions. Dieu m'est témoin que je m'exprime sans rancune et sans ironie. *(Au roi.)* Vous êtes loin de me trouver laide et vos vaisseaux finiront par sortir du...

LA GOUVERNANTE : ... radoub...

ALARICA : Notre mariage ne vous eût pas davantage froissé dans votre goût particulier qu'il n'eût contrevenu à l'opportunité politique. Non. La faute, la seule faute, eût été que votre Majesté aventurât le lustre de tant de combats et de grands hommes, tout l'Occident romain, les iris et la croix, dans une alliance avec une princesse, moi, dont le père, il n'y a pas si longtemps, donnait des leçons de salade. Oui, quand nous étions dans la pénurie, que nous nous baladions de capitale en capitale avant que le Congrès de Dantzig[2] ait nommé papa roi de Courtelande avec un traitement, je ne vous apprends rien, prélevé à la ronde sur les caisses noires des principaux gouvernements, papa, pauvre papa ! gagnait quelques florins à montrer aux amateurs trente-six qualités de salade, à la Turque, à la Génoise, à l'Écossaise, à l'huile de noisette, aux feuilles de cerisier, que sais-je ! Il possédait un nécessaire portatif. Quelquefois nous n'avions rien d'autre à manger que la salade de la leçon. *(Au roi.)* Mon ami, je suis sûre que vous avez compris. Votre générosité, votre chevalerie vous ont poussé à me défendre avec l'ardeur qui promut, jadis, vos aïeux, vers l'Orient, vers le Sépulcre. Mais ces incomparables qualités perdraient leur substance si l'excès de la passion devait les tourner contre le prestige du royaume dont elles sont les gardiennes autant qu'il est, lui, leur asile. Je suis d'un Orient marécageux, noir. Chiens et canards compris, ma capitale compte deux mille habitants. Il faut nous dire adieu. Franchement. Sans regret.

LE CARDINAL : Vos paroles, Madame, ont rafraîchi ma complexion, laquelle est portée à la pétulance, à la goinfrerie. Je me demande si je ne ferais pas mieux d'aller m'enterrer dans un capuchon, dans un monastère. Votre père donnait des leçons de salade[1] ? Et le mien ! Vous vous imaginez ce qu'il faisait, le mien ? Il jouait du biniou pour que le lait vienne aux génisses. *(Il s'essuie les yeux.)* Le Danemark nous met le couteau sur la gorge. Et l'Espagne, vous comprenez, l'Espagne... Mais nous n'allons pas tout recommencer. Nous nous sommes assez écorchés comme ça.

PARFAIT : Alarica ! Ne tardez plus. Ensemble nous chevaucherons, vers votre plaine orientale, non pas en quête d'un sépulcre, mais d'un berceau. Êtes-vous prête ?

ALARICA : Je ne suis prête qu'à la joie de vous quitter.

PARFAIT : La joie ?

ALARICA : La joie. Je dis bien. La joie. Il faut que

j'aille m'apprivoisant à l'idée que nous devons l'un de l'autre nous départir, et que cette farouche idée me devienne joie et force de joie, puisqu'elle éclaire la voie de votre meilleure vie.

LE CARDINAL, *au maréchal*: Si nous les laissions quelques instants ensemble ? La pauvrette, je m'en avise maintenant, a couvert plus de quatre cents lieues à la rencontre d'un abominable couac.

LE MARÉCHAL : Nous eûmes si froid, dans la voiture, qu'il nous fallut faire des masques avec des bas percés de trous.

LE CARDINAL : Dans ces conditions, il me paraît d'élémentaire justice qu'Antilopa[1]...

LE MARÉCHAL : Alarica, Monsieur le ministre... Alarica...

LE CARDINAL : Que cette princesse étrangère dispose de quelques loisirs pour prendre congé. Je ne veux pas risquer que mon souvenir lui reste puant. Et puis je voudrais voir un peu votre cervelas.

Le cardinal, la gouvernante et le maréchal sortent. La princesse, derrière eux, ferme la porte. Puis elle court sur le roi. Elle se place contre lui. Elle met sa tête sur l'épaule du roi et lui caresse les bras langoureusement.

ALARICA : Amour !

PARFAIT : Mademoiselle... Mademoiselle Alarica.

ALARICA : Vous êtes beau. Vous êtes bon.

PARFAIT : M'en voulez-vous beaucoup ? L'Histoire est difficile à fabriquer. Les historiens, c'est nous autres. Mais nous ne travaillons pas la plume à la main. Nous écrivons avec nos vivantes, nos douloureuses corpulences.

ALARICA : Laissez-moi vous regarder. Laissez-moi vous

tripoter. Parfait dix-sept, roi d'Occident. Ma fille, tu n'as pas perdu ta journée. Tu as mâché pas mal de neige mais te voici récompensée. Vous êtes froid, sur les médailles. Mais votre joue est chaleur. Tantôt, j'étais folie[1]. Dans ma mesquine[2] Courtelande...

PARFAIT : Mademoiselle !

ALARICA : ... les paysans disent : « Quand la tempête parle, la muraille écoute. » Ma tempête parlait. Votre muraille écoutait. Que pensait-elle de moi ?

PARFAIT : Si vous étiez folle, j'étais fou. J'étais fou. J'étais fou de vous. Je le suis toujours.

ALARICA : Un roi ne doit pas être fou. Ne pensez plus à cette fille !

PARFAIT : Toute ma vie j'y penserai. Toute ma vie, oui, toute ma vie, Alarica, je vous verrai. Jamais vous ne vous éteindrez. Je vous regarde et je me vois. Je me vois qui vous regarde, et non point seulement ici et maintenant, mais demain et plus tard, dans mes palais, dans mes conseils, dans le tombeau. Le mal que je vous fis commence à se fermer. Celui que vous me faites se met juste à s'ouvrir. Je vous ai blessée. Vous m'avez tué, si c'est tuer quelqu'un que lui ravir la liberté. Je vais vous voir sur les verrues du cardinal. Je vais vous voir entre les yeux de l'Espagnole.

ALARICA : Une fille de mon espèce vaut-elle pour de bon que pour elle un homme de bien se meurtrisse ? Je viens d'un pays barbare. Nous ne sommes chrétiens que depuis le douzième siècle[3]. Notre langue est parlée dans des endroits de l'Inde. Vous êtes jardin, moi broussaille.

PARFAIT : Vous ! Broussaille ! L'âme la plus délicate, la plus fine... Vous vous efforcez de vous noircir devant moi, mais d'une ruse si naïve les ressorts me sautent aux yeux, si bien que je ne puis être votre dupe sans devenir, du même coup, votre complice.

ALARICA : Broussaille je suis.

PARFAIT : Plaisanterie ! Plaisanterie qui m'assassine !

ALARICA : Je me suis mise nue.

PARFAIT : Vous vous êtes mise nue comme un enfant. Vous êtes mon enfant. Vous êtes l'innocence. Vous êtes la vérité. Si je pouvais vous boire, je boirais la vérité.

ALARICA : Venez ici. Allons, venez. En ce moment le cardinal et le maréchal s'empiffrent vis-à-vis, tout en prenant soin de ne pas mordre sur leurs dents qui branlent. C'est le moment d'en profiter. Mettez vos lèvres sur mes lèvres.

PARFAIT : Alarica, quoi que vous fassiez, quoi que vous disiez, vous ne parviendrez pas à me persuader de votre turpitude. Je discerne dans vos feintes l'unique vœu de votre cœur, qui est d'endormir ma blessure.

ALARICA : Embrasse-moi.

PARFAIT : Votre vérité, ce sont vos larmes. Eh ! qu'elles coulent, ces larmes adorables. Ne les déguisez pas sous le masque des vices.

ALARICA : Radoub !

PARFAIT : S'il vous plaît ?

ALARICA : Radoub ! Crétin ! Enfin, d'où sortez-vous ? Tu n'aimes pas les femmes ? Très bien, mon ami. Je n'en ferai pas une maladie. En attendant, nous sommes là, vous avec votre chair, avec la mienne moi, qui ne demandent qu'à s'occuper.

PARFAIT : Continuez. Continuez. Vous m'amusez. Vous me tourmentez et vous m'amusez. Vous usez de mots dont le sens vous fuit.

ALARICA : Décidément, vous n'entendez rien aux

princesses de par chez nous. Nous poussons dans les soldats, nous, dans les chevaux. Nous savons en naissant nous servir d'un cheval et d'un homme. Et ne me fatiguez pas avec vos sermons et vos airs. Non content de m'avoir fait traverser la Germanie tout entière pour, aussitôt, me renvoyer dans mes quartiers, vous vous obstinez, en outre, à me dépouiller de ma réalité, à m'imposer une figure qui n'est pas la mienne. Enfin, que vous ai-je fait ? Tu me prends, oui ou non ?

PARFAIT : Ma sœur...

ALARICA : Dans toute la plaine où l'œil est oblique, et jusque sur les montagnes, là-bas, qui nous séparent de la Chine et de la Turquie, il n'y a pas une princesse, vous m'entendez, pas une tsaritsa[1], pas une souveraine, mariée ou non, chrétienne ou païenne, qui ne possède un amant familier, un trousseur bien choisi toujours prêt à répondre.

PARFAIT : Pas vous, Alarica... Pas vous.

ALARICA : Le mien, il me suit dans tous mes déplacements. Sans lui, je crèverais de froid. Nulle froidure ne résiste à l'échauffement d'un couple bien vert. Vous voulez le voir ?

PARFAIT : Combien vous vous donnez de mal ! Mais vous avez beau faire. Le mal n'est pas en vous.

ALARICA, *vers le paravent* : Toi, là ! Hé ! Là ! Toi, là-derrière ! Lève-toi ! Quel paresseux !

F..., *apparaît, dépoitraillé, sans bottes* : J'ai dormi comme du plomb. Le cou me fait mal. *(Il tourne la tête de droite et de gauche.)* C'est ce choc.

ALARICA : Sans doute as-tu rêvé trop fort. Mets-toi là, mon chéri. Livre-moi ton cou. Je sais la manière de le rendre souple.

Elle le masse.

F..., *montre le roi* : Monsieur est de vos amis ?

ALARICA : Monsieur ? Ah ! J'oubliais. C'est le roi !

F... : Le roi ?

ALARICA : Oui. Le roi. Le roi d'Occident. Cuirassiers. Vestibules.

F... : Mais...

Il veut se lever.

ALARICA : Allons. Reste tranquille. Deux minutes. Deux minutes seulement. Quand on s'agite trop la nuit *(petit rire)* il faut savoir, ensuite, se tenir coi. Les mêmes mains, tour à tour, peuvent dispenser le trouble et le calme.

PARFAIT : Alarica, vous jouez, n'est-ce pas ? Ils cassent tout, les enfants, quand ils jouent. Monsieur, peut-être êtes-vous un gentilhomme. De toute façon, je vous conjure de me répondre sans détour. Pour la princesse, au juste, vous êtes quoi ?

Alarica se penche sur F... qu'elle baise aux lèvres. Le roi, de son gant, se frappe la cuisse.

ALARICA : Par ma bouche, Seigneur, il vous a répondu.

PARFAIT : Monsieur, je vous ferai pendre.

F... : Trop léger je suis. *(Il dessine une corde dans l'air.)* Elle cassera. D'ailleurs, je ne comprends rien à ce qui se passe. Fusillé, pendu, baisé[1], je parcours des états bien divers.

ALARICA : Il veut dire que, de notre rugueuse patrie jusqu'en cette province d'où l'œil découvre déjà la flèche de vos cathédrales renommées, nous avons fait du chemin. Nous sommes loin, mon petit... Fernand, mais patience ! Nous allons rentrer. Je vous l'avais dit, Majesté. Nous autres, les dames sauvages, nous avons comme ça, tout le temps, sous la main, un beau garçon pour nous donner de l'aise. *(À F...)* Je vais te renouer le velours de ta queue. *(Au roi.)* Vous, Monsieur, il est temps que vous rejoigniez votre ministre. *(Elle montre F...)* Nous deux, nous allons nous agrafer devant que de retourner dans notre lande[1] malotrue.

PARFAIT : Alarica, vous ne partirez pas. Je suis là pour vous l'interdire !

ALARICA : Me l'interdire ? Vous... Mais à quel titre ?

PARFAIT : Je suis le roi. Vous l'oubliez trop.

ALARICA : Le roi ? Le roi de quoi ? Pas celui de mes bras, dans tous les cas. Nous sommes chez l'électeur de Saxe.

PARFAIT : Mes armées ont conquis la Saxe nul ne sait plus combien de fois. Les frontières sont faites pour qu'on les saute[2]. Hop ! Hop là !

ALARICA : Bien avant que vous ayez eu le temps d'alerter vos cuirassiers, ces bons cuirassiers qui devaient, vous vous rappelez ? me saluer du sabre au matin de mes noces, lui, moi, nous serons loin. Vos cuirassiers, allons, ne me poursuivront pas jusque dans ma capitale de paille et de pluie. Et ma voisine l'impératrice Catherine, comment pensez-vous qu'elle supporterait leur piétinement occidental et catholique aux abords de son domaine[3] ? Des cuirassiers, mon garçon, elle en a, elle aussi, et qui ont de grosses cuisses.

PARFAIT : Je vous en prie. Je vous en supplie. Nous ne sommes pas des ennemis. Ce qui fut dit, oublions-le. Effaçons-le. À Sistrebourg, à quatre lieues d'ici, la cathédrale mesure quarante toises de haut. Les cathédrales sont bâties de bonne pierre. Les cathédrales dominent, les cathédrales surplombent la fourberie des fumées, les coudes du vent. Il est fidèle et solide non moins le métal de mes cuirassiers. Les talons qui chaussent mes dames sont les piliers de mon style et de mon règne[1]. Les talons des dames qu'en principe nous destinions à votre maison sont toujours bravement plantés sur le pavé, de l'autre côté du fleuve. Le monde n'a pas bougé. Pour qu'il persiste à ne point bouger, pour qu'il nous attende, un mot de ma main suffira. La cérémonie aura lieu. Vous serez reine d'Occident. Avez-vous une plume, de l'encre ?

ALARICA, *à F...* : Mon petit Fernand — ça te va bien, Fernand, ça te va comme un gant — tu ne manqueras pas de me faire souvenir, quand nous passerons à Dresde, d'acheter plusieurs mesures de tissu de soie. *(Au roi.)* En Courtelande nous ne fabriquons rien, hormis des râteaux. Ah ! Il y a aussi des paysannes qui peinturlurent des œufs. C'est tout.

PARFAIT : Dans mon royaume la soie et le satin ruissellent comme ailleurs la Vistule et puis le Danube. Dans mon royaume les artistes illustrent des plafonds aussi copieux que le firmament. Dans mon royaume...

ALARICA : Je vais me mettre en amazone. Sortez.

PARFAIT : Alarica ! Je vous épouse. Vous m'entendez ! Vous me comprenez ? Je vous épouse. Épouser.... Comme ça... *(Il fait un geste des doigts.)* Vingt millions de sujets. Cinquante-trois vaisseaux de ligne. Soixante forteresses. Des châteaux plus nombreux que chez vous les bouleaux[2]. Des cathédrales dont on ne peut rien dire. Il faut les voir. Et des bosquets et des théâtres. C'est à moi. C'est à vous. Nous oublions, n'est-ce pas ? Nous effaçons ?

ALARICA : Je vous ai dit de sortir.

PARFAIT : Alarica, rien ne s'est passé. Rien ne se passe jamais que ce qu'on tolère qui se soit passé. Pas même il ne sera besoin de soustraire une journée au calendrier. Nul retard n'endommage encore le programme. Notre démêlé s'est accompli à l'insu des chroniques. Alarica de Courtelande, moi, Parfait, dix-septième du nom, roi d'Occident, de Burgondie et des Vascons, je vous demande à genoux de me faire la grâce d'être mon épouse, d'être la reine.

ALARICA : Une puce, voilà ce que vous vous acharnez à faire de moi.

PARFAIT : Quoi ?

ALARICA : Soit ! Mais si j'accepte de bondir, comme une puce, par-dessus ma décision la plus récente, pour me retrouver dans ma disposition d'auparavant, ce n'est pas pour vous faire plaisir, car, de vous faire plaisir, le goût m'a passé, mais afin d'épargner à mon père l'avanie de mon retour. J'entrerai dans votre maison.

PARFAIT : Vous m'en voyez tout enjoué.

ALARICA : Nous allons nous partager vos cathédrales, vos vestibules, vos cuirassiers. J'apprendrai à votre peuple à se faire des souliers d'écorce, à manger du chien, à prendre des bains de sueur avec des pierres dans un four.

PARFAIT : Je ne sais comment vous dire...

Entrent le cardinal et le maréchal.

LE CARDINAL : Oui, mon cher, le passé a moins d'importance que l'avenir. De la part d'un monarchiste fondamental[1], cette affirmation, je vous l'accorde, a de quoi surprendre. Néanmoins, je la maintiens. L'avenir l'emporte sur le passé. Si nous désirons (je n'envisage, bien entendu, que la perspective terrestre) nous emparer de l'avenir, le racoler, il nous faut, sans cesse, consolider nos institutions afin qu'elles vaillent pour le lendemain comme pour la veille elles ont valu et que leur dureté garantisse leur durée. Ha ! Ha ! Depuis Charlemagne, nous faisons tour à tour avec l'Espagne la guerre et l'amour[1], et avec l'Italie aussi, mais l'Espagne et l'Italie, c'est la même romance, la même gargoulette[2]... Pourquoi ne pas continuer ?

LE MARÉCHAL : Un temps viendra, Monsieur le ministre, où l'immensité magnétique de nos espaces déshérités vous attirera, vous aspirera.

LE CARDINAL : Un temps vient toujours. Il suffit d'attendre. *(Au roi.)* Mon fils, avez-vous bien rompu ? La rupture, dans l'escrime sentimentale, c'est la botte des cornes, des cornes de l'escargot, la défense de l'homme. Les bras de la femme s'avancent. Les cornes de l'homme reculent.

PARFAIT : Monseigneur, j'ai l'honneur de vous annoncer mon mariage.

LE CARDINAL : Votre mariage ?

PARFAIT : Je me marie avec la princesse Alarica. Et puis ne me cassez pas les oreilles de reproches et de sentences. Il n'est si mauvais cuisinier qui ne s'entende à déguiser sous un grand fracas de vaisselle l'indigence de ses menus. Depuis que je vis, je n'entends que vous. Je ne suis pas votre cheval.

LE CARDINAL : Sire...

PARFAIT : Je vous ai par trop entendu, vous dis-je. Que vous soyez si mal luné que de persister dans votre projet maniaque et de vous entêter à me farcir la cervelle avec votre Espagnole, je vous déclare sournois, libertin, prévaricateur, décousu, oui, mon ami, moi, vous, et je vous renvoie dans votre purin. Vous avez compris ?

LE CARDINAL : C'est parfaitement clair. *(À la prin-*

cesse.) Dans trois heures, Madame, nous serons en Occident. Nous serons dans votre royaume. Mon dévouement est à vos pieds.

ALARICA : De mon petit ami, que ferez-vous ?

F... : C'est vrai. J'existe, tout de même. On ne parle jamais de moi.

LE CARDINAL : Plairait-il à Votre Majesté de m'instruire de ce qu'elle prévoit quant au petit ami de Son Altesse ?

PARFAIT : Qu'il aille se faire pendre.

ALARICA : Lui ? Jamais de la vie. Je le veux près de moi. Il est assez bel homme pour faire un colonel. *(Au roi.)* Quoi ? Vous boudez ? Vous me blâmez. Je ne vois pas ce qui vous chiffonne.

LE CARDINAL : Un colonel de plus ne nous ruinera pas.

ALARICA : Il partagera notre lit. Ainsi nul ennemi ne saura vous atteindre, qui d'abord n'ait passé sur le corps de Firmin.

F... : Quoi ?

ALARICA : ... pardon ! de Fernand. Et passer sur son corps, c'est passer sur le mien.

PARFAIT : Cela suffit. Venez, Monseigneur. Nous rentrons. *(Avant de sortir.)* Alarica, que vais-je devenir ?

ALARICA : Ce que vous allez devenir ? Vous voulez savoir ce que vous allez devenir ?

PARFAIT : Oui...

ALARICA[1] : Mon cher, c'est simple. Vous deviendrez *(soudain furieuse et exaltée)* ce que je veux que tu deviennes. *(Elle présente son miroir à Parfait.)* Regarde !

PARFAIT : Votre miroir ? Vous vous disposez à me faire un sortilège ?

ALARICA : Un sortilège ? Ce miroir est pareil à tous

ceux de la terre mais c'est moi qui le tiens et je suis la fatalité de la vie. Je te parle avec la voix de la fatalité de la vie. Regarde. Peu à peu tu te disloques. Tu dégoulines. Tes maîtresses te mangent comme de la viande. Tes ossements vivants pourrissent sous ta peau. *(Le roi, bavant, crispé, s'affaisse, s'effrondre.)* Et maintenant, sortez tous... tous... tous...

Le cardinal traîne dehors le roi inanimé.

ALARICA *s'assied sur un fauteuil*: J'ai peur de n'avoir pas su... Je suis brisée.

LE MARÉCHAL : Rassurez-vous... Il y aura toujours du vinaigre dans la salade.

FIN DE L'ACTE DEUXIÈME.

ACTE TROISIÈME

Même décor.
Alarica et Fernand sont sur le lit d'Alarica.
Ils achèvent de s'habiller.

ALARICA : Tu n'es pas encore prêt. Il est bientôt huit heures. Tu m'entends ? Huit heures, bientôt !

F... : Quoi ?

ALARICA : Faut-il que je te secoue ?

F... : D'habitude, je ne me lève guère qu'aux abords de midi. Boire du vin ! Jouer aux cartes !

ALARICA : Débauché ! Paresseux ! Moi, c'est différent. Le matin, je galope, je tire à la carabine[1].

F... : Vous repartez aujourd'hui ?

ALARICA : Bien sûr... Il va falloir un à un repasser tous ces villages, tous ces fleuves, et les ponts et les toits. D'avance, j'en ai mal au cœur. Et lui, le roi... Je l'ai bousculé. Je lui ai fait voir le miroir... Je parlais comme ça, comme une bête... J'étais une bête... Je sais qu'il a du chagrin. Comprenez-moi. J'ai fait ce que j'ai pu pour qu'il me croie une garce, et, même, pour être, pour de bon, méchante, mais je redoute de n'avoir pas su m'y prendre.

F... : Ne vous tourmentez pas pour le roi. Il les aura, va ! les petites, la vérole. C'est pas malin, de deviner. Le sort de l'homme est bien connu. Les petites, la vérole...[1] Maintenant, va falloir que je songe à rentrer.

ALARICA : Tu as été auprès de moi dans une mauvaise passe. Je me suis servie de toi. Je t'ai fait jouer un rôle. Mais j'ai tenu que la réalité vienne, au plus vite, alimenter la comédie, l'alimenter, la démentir. Je ne regrette rien. J'ai perdu avec toi mon honneur de fille. Disons que tu m'as donné mon honneur de femme, si c'est un honneur que d'être conforme à sa nature physique. Non, mon ami, je ne regrette rien. J'aurais mieux aimé, vous le savez, connaître le destin d'une épouse limpide[2]. J'aurais été loyale au roi, fidèle à Dieu. Mais puisque le roi n'a pas pu, et ses raisons ne sont ni louches ni mesquines, puisqu'il n'a pas pu gravir avec moi toutes les marches de l'autel, je juge équitable de t'avoir donné la joie de mon corps, à toi qui, le premier, non sans courage, vins à moi pour me prendre aux lèvres. Je ne pense que du bien de vous. Ne pensez pas de mal de moi. Vous m'aviez embrassée. Je suis pour la droiture, toujours, pour la vérité. Vous m'aviez embrassée. Vous m'aviez serrée. J'étais déjà votre maîtresse. Le crime eût été que le roi d'Occident malgré tout m'épousât. Il faut que le monde soit clair. Si les cœurs étaient clairs, le monde serait clair. Mais que fait ma gouvernante ? Je lui avais dit d'être là, comme d'habitude, à sept heures. Pauvre Toulouse ! Peut-être n'ose-t-elle pas devant moi venir, et me regarder. Que j'aie un amant, elle a dû n'en pas fermer l'œil. Elle s'est trouvé une chambre, m'a-t-elle dit, dans les combles, je ne sais où. Elle a dû périr de froid.

F... : Vous me faites rire. Où voulez-vous qu'elle ait dormi, sinon avec le maréchal ?

ALARICA : Quoi ?

F... : Vous n'êtes ni une femme, ni une fille. Vous êtes un nourrisson. Vos yeux, c'est des miroirs, c'est pas des yeux. Refléter, d'accord. Mais voir, mais piger, plus personne !

ALARICA : Qu'est-ce que vous me chantez ? La gouvernante et le maréchal ? Toulouse et Silvestrius ? Mais il a septante ans ! Vous savez, je veux bien, vous savez faire l'amour mais vous n'entendez rien à la vie !... Ma bonne Toulouse, avec sa chaufferette ! Et ce pauvre maréchal qui ne mâche que du mou.

F... : Vous m'agacez. Vous me donnez des agacements dans le bras qui sert à planter les tartes. Je n'entends rien à la vie ! Si c'est pas malheureux ! Moi qui... Tout ce que vous méritez, c'est que je vous laisse patauger dans vos idées comme un peigne dans la soupe, mais, dans un sens, vous vous êtes tortillée pour moi, tu m'as donné ta fleur, quoique, les femmes, c'est pas ça qui manque. On dirait du cresson. Où ça mouille, ça pousse. À Madrid, je me rappelle, le coup des obsèques du grand amiral, qu'est-ce que j'ai pu rigoler...

ALARICA : Bien. Il se peut que je ne sois pas encore très instruite. Je répugne néanmoins à penser que la gouvernante et le maréchal...

F... : Eux, c'est rien. C'est l'abécédé[1].

ALARICA : Le monde est clair, plus clair que vous croyez. Retenons-nous de le troubler de soupçons et de racontars. Ne soyons pas indiscrets. Je penserai toujours à vous.

F... : Oh ! Il n'y a pas de quoi.

ALARICA : Mais enfin... Vous êtes étrange. Vous ne semblez plus le même ! Vous ai-je déplu ? Vous ai-je ébranlé ?

F... : Vous m'agacez. Vous m'agacez de plus en plus. Je ferais mieux de la fermer, ma grande gueule, mais il y a des moments où même les saints ne peuvent plus se contenir, et je ne suis pas un saint, vous le savez de première main, et quand je vous vois vous acharner à vous mener vous-même en barque[1], quand je vous vois, avec votre regard, comment dites-vous ? limpide, avec votre cœur farci de justice, quand je vous vois vous enfoncer dans le mensonge, dans le nuage, non que vous mentiez, halte-là ! je n'ai pas dit ça ! mais parce que vous n'arrêtez pas de prendre le faux pour le vrai, de choisir le faux, de préférer le faux, j'ai envie de la prendre, votre tête, votre clochette de muguet, votre tasse de lait de biche, et de la poser, crac, devant la vérité, la véritable vérité. Maintenant, il se peut aussi que, malgré votre bêtise, j'aie un peu de... *(geste de la main)* pour vous, un peu de... Foin !

ALARICA : La vérité... La véritable vérité... Mais il me semble que, cette nuit...

F... : Cette nuit ? Qu'est-ce qui s'est passé, cette nuit ? Vous avez reçu l'homme ? Et après ? Toutes les filles, un jour ou l'autre, reçoivent l'homme. L'intelligence n'entre pas forcément avec la clarinette. Regardez-moi. Vous m'avez dit : « Je penserai toujours à vous. »

ALARICA : Ne m'avez-vous pas dit : « Le soleil virginal de votre bouche m'éblouit. Ce soleil virginal me donne soif, soif qu'il me donne encore plus soif. Quand je m'y serai désaltéré, je brûlerai de bonheur, et il n'y aura, dans mon royaume, pas assez de clairons, pas assez de clochers pour que ma joie y soit en suffisance célébrée. Je commanderai que, dans les rivières, même les saumons se mettent à chanter... » Ainsi vous me parliez aux premières minutes.

F... : Pas les clairons ! Pas les saumons !

ALARICA : Quoi ?

F... : Pas les clairons. Pas les saumons. Mais les tambours. Mais les goujons. Oui, les clairons à la place des tambours. Et les goujons, rappelez-vous, les goujons, pas les saumons. D'ailleurs, le texte est là. *(Il tire de sa poche un manuscrit qu'il parcourt.)* C'est marqué les goujons. Ridicule, d'accord ! mais je n'y suis pour rien.

ALARICA : Quel est le sens de tout ceci ?

F... : Mais regardez-moi. Regardez-moi bien. Pas avec les yeux du dehors mais avec les yeux du dedans. Vous ne voyez rien ? Vous ne sentez rien ?

ALARICA : Vous voulez dire que vous me récitâtes un texte qu'on vous prépara ?

F... : Un écrivain en est l'auteur, un philosophe. Un nommé... Je ne me rappelle même plus...

ALARICA : Vous teniez un emploi. Pour le compte de qui ?

F... : Vous pouvez vous vanter qu'il faut vous les mettre, les points, non seulement sur les i, mais dessous, et tout autour. Je m'appelle Roger La Vaque. À propos... Fernand... D'où ça vous est venu, de me jeter Fernand[1] ? Je suis dans la police. Ah ! Et puis, pas de mépris ! L'Occident est un grand peuple. Il a besoin d'une police raffinée.

ALARICA : La police... Mais qu'est-ce que la police...

F... : Ils voulaient être sûrs, en Occident, que ça tiendrait, que la rupture tiendrait. Le cardinal, *(il soulève son chapeau)* le cardinal désirait qu'un scandale carabiné anéantît, de toute façon, votre mariage, au cas où vous vous fussiez obstinée. Je fus envoyé ici, en mission, afin de vous compromettre. Remarquez que si mon numéro avait foiré, vous auriez tout de même été mouchée. Les roues de votre carrosse, en effet, avaient été assaisonnées[1]. Jamais vous n'auriez franchi le fleuve. Jamais. Ou, alors, à la dérive. Mais ça ne pouvait pas foirer. Ça ne pouvait pas. C'était réglé comme les manœuvres d'une frégate. Elle est bien faite, la police. Ceux-là qui vous diront que le hasard est dedans, demandez-leur un peu qu'ils aillent voir comment ça se passe, quand par exemple on est sur des imprimeurs de libelles et que, dans chaque imprimeur, il y a un commis de chez nous qui nous apporte au bureau les épreuves dès qu'elles tombent.

ALARICA : Attendez !... Attendez !... Vous fûtes envoyé pour séduire moi ?

F... : Vous l'avez dit. Enfin vous avez parlé juste...

ALARICA : Dites... Vous ne m'aimiez pas[2] ?... Vous ne m'aviez jamais vue ?

F... : Comment voulez-vous ?... En partant, j'étais même assez monté contre vous... Toute cette sérénade libertine et philosophique à me loger dans la cervelle. Ces phrases qui commencent par la fin !

ALARICA : Ainsi, partout, l'on triche. Partout, l'on fait comme si... C'est insupportable. C'est horrible.

F... : Vous-même, ne trichiez-vous pas, quand vous faisiez la folle, jetant vos bras dans l'air avec vos doigts de pied, appelant Gorgino ?

ALARICA : Ma tricherie était pour le bien, pour l'amour.

F... : Tous ceux qui trichent, c'est pour un bien, c'est pour l'amour, pour l'amour de leur porte-monnaie, par exemple.

ALARICA : Ainsi, ainsi rien n'était franc ? Le roi mentait.

F... : Là, pardon ! Le roi d'Occident, petite imbécile ! c'est un cercle rond. Un cercle rond ne peut mentir, même que dedans il y ait tout ce que vous voudrez, des verrues, des mouches.

ALARICA : Vous mentiez.

F... : Je travaillais. Je travaillais de mon métier.

ALARICA : Votre cœur était faux.

F... : Mes membres, ma cocotte, avaient le poids.

ALARICA : Le monde est ignoble.

F... : Vous ne le réparerez pas avec des larmes ni des clameurs.

Entre la gouvernante.

ALARICA : Toulouse ! Toulouse ! Mon amie ! Ma meilleure amie !

LA GOUVERNANTE : Tu as du tintouin, ma pimprenelle ? Ils t'ont fait mal ? Mais je suis là. Ma pimprenelle[1]... Ma saucisse... Écoute. Nous allons retourner, tout de suite, dans ton pays, dans ton pays qui m'adopta. Nous rencontrerons l'équipage de ton père. Tous ensemble nous rentrerons. Que de piquenique !

ALARICA : Mon père... Il était si content, il était si fier qu'en Occident je devienne reine, Majesté... Son propre royaume, du coup, prenait un éclat... Il y tient tant, à son triste royaume de bouleaux et de marécages ! Tu te souviens, quand si longues, l'année dernière, furent les pluies, comme il allait, mon père, poussant hors de l'écurie inondée les étalons de la ferme. Il en oubliait sa béquille, enfin ! Et quand nous le vîmes enseigner lui-même à ses sujets à se servir d'un soc de fer... Il est digne du règne, des honneurs.

LA GOUVERNANTE : Tu vas retrouver ce père si bon. Ma roucoulante ! Ma corniche !

ALARICA[1] :

Je suis la reine de Saba.
Je suis sur la haute montagne.
Mon armée en bloc m'accompagne
Vers Dieu, pour qu'il me couronnât.

Je suis la reine de Saba.
De mon oreille à ma cheville
Le bijou tremble sur la fille.
Mais la montagne retomba.

Je suis la reine de Saba.
Je suis dans le trou, dans la fange.
Le serpent me mange. Il me mange
Je suis le serpent...

LA GOUVERNANTE : Oh ! La vilaine chanson.

ALARICA : C'est la chanson qu'elles m'ont enseignée.

LA GOUVERNANTE : Qui donc, ma poule ?

ALARICA : Les heures... Les heures qui se sont écoulées depuis les moutons, hier, de notre réveil. Et puis non ! Jamais ! Jamais je ne m'y ferai ! Jamais ! Je crèverai plutôt que de m'y faire.

LA GOUVERNANTE : Quelle mouche te pique ? Est-il digne de toi, ma mie, que tu témoignes un tel dépit pour ce vieux trône qui te passe sous le nez ? D'autres princes existent, le valaque, le boulgre[2]...

ALARICA : Il s'agit bien du trône, du boulgre, du valaque ! C'est au mensonge, c'est au mal que jamais je ne me ferai. Rien ne tient. Rien ne vaut. Chaque bouche est un piège. Tous les bras se cassent en deux dès qu'on les touche. *(À la gouvernante.)* On a même truqué les roues de ma voiture.

LA GOUVERNANTE, *à F...* : Vous avez parlé ? Salaud !

F... : Charogne !

LA GOUVERNANTE : Je vous signalerai.

F... : Je vous crache aux fesses.

LA GOUVERNANTE : Voyou !

F... : Maquerelle.

LA GOUVERNANTE : La forfaiture, vous savez ce que ça coûte ! Vous n'aviez qu'à disparaître. Pourquoi êtes-vous resté ? Pour la torturer ? Pour tout démolir ?

F... : C'est elle qui m'a retenu. Et vous n'avez rien fait pour que je parte.

LA GOUVERNANTE : Que pouvais-je faire ? Elle entrait dans le jeu jusqu'au cou, et plus haut. Elle n'a que dix-neuf ans. C'est une fillette. Leurs tétons sont durs comme du marbre mais leur cervelle, du poulet, de la lavande ! J'aurais tenté de l'empêcher de se... enfin, avec vous, là... elle se serait doutée...

F... : Et, pendant ce temps, vous n'étiez pas fâchée, vous, d'aller vous faire harnacher par ce polichinelle.

LA GOUVERNANTE : J'ai tort de vous parler. Vous êtes de l'ordure.

F... : Et vous, ma commère, qu'est-ce que vous êtes ? Moi, cette petite, je ne l'avais jamais vue. *(La gouvernante hausse les épaules, fait mine de se retirer. Il la saisit, la maintient.)* Non ! Non ! Tu m'écouteras. C'est inutile d'avoir l'air. D'elle, moi, je m'en fichais. Mais toi, espèce de grande vermine, toi, pendant des années...

LA GOUVERNANTE : Ne l'écoutez pas... C'est un bandit...

F... : Des années, des années, tu l'as soignée, tu l'as bercée, et tant qu'il ne s'agissait que d'envoyer en Occident des rapports sur la politique, sur la cavalerie, sur l'agriculture, je veux bien qu'il n'y ait rien à dire, c'était ton condé[1], chacun a le sien, mais quand tu en es venue à l'accompagner jusqu'ici en sachant ce qui l'attendait, la bécasse, et lorsque je pense que la balle qui n'entre pas, c'est de toi, c'est une idée de toi, la balle, le paravent... quel vice !... je rougis, ouida, Mademoiselle ! je rougis de la corporation policière. Foin !

LA GOUVERNANTE : Vous m'avez brûlée. Vous serez fusillé.

F... : Je sais... Je suis foutu.

ALARICA, *à F...* : Le lieutenant était-il du complot ?

LA GOUVERNANTE, *à F...* : Répondez. Ne vous gênez pas... Je prends note.

F... : Il en était sans en être. Il croyait, pour de bon, qu'il s'agissait d'amour et que j'étais sincère. On lui a donné quarante francs. *(À la gouvernante.)* À propos, ces petits frais, nous les porterons sur votre note, ou sur la mienne ? Il est vrai que, maintenant...

LA GOUVERNANTE, *à Alarica* : Je suis au service du roi d'Occident. Je vous ai, néanmoins, tendrement aimée. *(La gouvernante, sur le point de sortir, se retourne.)* Oui, j'ai béni mon roi. Oui, je vous ai chérie. Il y a l'amour. Il y a les amours. Les amours, ah ! les sales oiseaux ! les amours vont guerroyant l'un contre l'autre au-dedans de l'amour au-dedans de mon cœur. À force de se battre ensemble ils détruisent ce misérable cœur. Mais d'autres cœurs fleurissent de tous les côtés. L'amour va bien[2].

Elle sort.

F... : Je suis foutu. Cette punaise ne me ratera pas. Voilà où ça conduit, le sentiment.

Alarica et F... demeurent longuement immobiles. Soudain, on frappe à la porte. Ils se taisent.

UNE VOIX, DERRIÈRE LA PORTE : C'est le roi !

ALARICA : C'est mon père !

... — Alarica, c'est moi. C'est le roi.

Entre Célestincic de Courtelande, béquille, manchon, moustaches, cinquante ans, pastilles[1].

CÉLESTINCIC : Alarica ! Mon enfant ! Mon petit enfant ! Ah ! Je suis content de te voir.

ALARICA : Le roi d'Occident ne m'a pas voulue.

CÉLESTINCIC : Je sais. Je sais. J'ai vu le maréchal, en bas, sur le perron. Il a commencé à me raconter mais j'étais trop content de te voir, trop pressé. Surtout, ne te tourmente pas. Ce mariage, au fond, c'était trop beau. Et trop de beauté, tu sais ce que ça veut dire ? Ça veut dire un peu de laideur. Ne te tourmente pas. Nous avons une neige épaisse de six pieds. Le mois d'avril, par conséquent, sera magnifique. Magnifique. Un bal de fleurs et de papillons.

ALARICA : La neige est profonde comme une tombe et le mois d'avril n'est pas encore là[2].

CÉLESTINCIC : Tu es nerveuse, Alarica. Oh ! Je comprends. Je comprends. Mais, encore une fois, je t'en conjure, ne t'appesantis pas sur un passé malsain. Dans tous les cas, le préférable, le meilleur, c'est ce qui arrive, c'est ce qui se passe. Crois-moi, ils t'auraient déçue, les occidentistes. Oh ! gentils, comme ça, ils le sont, gentils, polis, tout ce que tu voudras mais, sous leurs dentelles, sous leurs opérettes, ça grouille. Et puis, nous ne perdons pas tout. Les deux châteaux... Les trois cent mille florins...

ALARICA : Vous êtes au courant ? Déjà ?

CÉLESTINCIC : Ce bon maréchal, en bas, m'informa. Avec ces trois cent mille florins, cinq cent mille si nous vendons les deux châteaux, j'achète des guêtres pour toute l'armée et j'engage un orchestre pour nous jouer du Mozart[1]. La la li li la la. J'ai bien songé à consacrer cette fortune à poursuivre l'assèchement des marécages mais, avec leurs écumoires, leurs bidons, leurs charrettes, leurs barils, nos pauvres diables de serfs et de manœuvres en auraient jusqu'à la fin du monde. Sous notre territoire s'accumule toute la pluie de la terre. L'orchestre, plutôt ! Notre théâtre a besoin d'un orchestre. Çà ! mon petit, de l'allégresse ! Nous allons voyager tous les deux, tous les deux.

F... : Moi, je m'en vais. Que faire d'autre ? Vienne... Bruxelles... Mais ils me rattraperont comme ils voudront.

ALARICA : Restez... Si vous veniez avec nous ?

CÉLESTINCIC : Qui est cet homme ? Que fait-il dans ta chambre ?

ALARICA : Venez donc avec nous.

CÉLESTINCIC : Je t'ai demandé qui est cet homme et, dans ta chambre, ce qu'il fait.

ALARICA, *à F...* : Ce n'est pas si mal que ça, vous verrez. Là-bas, pour un garçon comme vous, jeune, fort, et, au fond, distingué, il y a de quoi passer le temps, je vous assure. Nous avons les plus beaux coursiers du continent. *(À son père.)* C'est une espèce de député du monarque d'Occident. Il est dans la poli, dans la politique. *(À F...)* L'espace... L'horizon...

F... : Tout est plat...

ALARICA : Les villes à bâtir... Les routes à concevoir... Le printemps est un bal de fleurs et de papillons.

F... : Ça continue. Toujours le sentiment, les fables...

CÉLESTINCIC : Alarica, je préférerais que nous nous épanchions sans témoin.

ALARICA : Il m'a aidée dans l'infortune. À mon tour, je le soutiendrai.

F... : Mais, encore une fois, comme quoi, vous m'emmèneriez ?

ALARICA : Notre royaume a besoin d'officiers, de physiciens. *(À son père.)* Nous avons gagné des tas de florins. On peut lui ouvrir un petit compte.

F... : Je ne suis pas noble. Mon père est mort aux galères. Ma mère est blanchisseuse. Blanchisseuse de fin, il est vrai.

ALARICA : La noblesse prend sa source dans l'ambition et l'énergie.

F... : Je sais lire, ça oui, mais avec du temps. Maintenant, des idées, si c'est ça qui vous excite, j'en ai. Les gendarmes, par exemple. Le public, des fois, nous confond avec eux. Les gendarmes, c'est des rustiques ! Devant que de porter les galons blancs, ils n'ont chez leurs parents, jamais vu de pain blanc. Ces couillons-là mènent leur enquête sans quitter leur casque et leur plumet cramoisi.

ALARICA : Vous leur apprendrez la ruse.

CÉLESTINCIC : Il m'est ardu, Alarica, de te faire une gronderie, d'autant plus ardu que bien peu de fois tu me donnas prétexte à des sévérités. Mais je ne tolérerai pas que tu te flattes d'une prérogative dont je dispose seul. Ne viendront dans ma maison que mes propres invités. Sdourndo zak pravoudnié refus d'obéissance pachimlaro stom[1] !

ALARICA : Aboussima zdanavor majorité légale abrassounié zak fardomi !

F... : Je le disais bien. Je suis foutu.

ALARICA : Je t'emmène.

F... : Mais comme quoi, finalement ?

ALARICA : Tu seras ma maîtresse.

F... : Quoi ?

CÉLESTINCIC : Que me faut-il entendre ?

ALARICA : Ma maîtresse. Mon favori. Mon partageur musclé. Ce qu'il me faut de chair virile pour être un homme tout à fait.

CÉLESTINCIC : Alarica, maintenant, c'est trop. À Stettin tu retourneras, dans le couvent de ton enfance. Tu y diras des rosaires tant que le poignet te fasse mal.

ALARICA, *à F...* : Tu es de haute taille. Tu caresses bien.

F... : Je n'ai pas envie de devenir votre esclave. À Montrouge, des femmes, j'en ai, comment vous dire ? j'en ai par fourgons entiers. Vous, quand vous me tiendrez, je vois ça d'ici, vous ne me lâcherez plus. Pas une seule fois, vous ne me permettrez d'approcher une femme, une autre, pour un peu me distraire, oh ! sans rien faire de mal...

ALARICA : Mon peuple compte au moins cent mille femmes.

F... : Elles ont le nez plat.

ALARICA : Tu le leur tireras.

F... : Leurs yeux ressemblent à des trous de tirelire.

ALARICA : Quand elles te verront, elles les ouvriront comme des canons pleins d'avidité.

CÉLESTINCIC, *se met debout* : Monsieur, je vous ordonne de sortir de ma fille. Si vous ne m'obéissez pas, je vous ferai mettre en état d'arrestation. Toi, ta gouvernante te conduira dans le couvent. Mais corbleu[1] ! où est-elle, à la parfin[2], cette soupière de ventregris de gouvernante ? À l'ordinaire, il est impossible de s'en dépêtrer.

ALARICA : Ma gouvernante cuisine les roues. Ma gouvernante tricote les balles. Avant tout, ce qu'il faut, c'est que coure le mal. Le mal court. Vous le voyez ? Comme il court bien ! Furet[3] ! C'est un plaisir. Le crime...

CÉLESTINCIC : Quel crime ? Quoi encore ?

ALARICA : Le crime serait de prétendre l'arrêter.

CÉLESTINCIC : D'arrêter qui ?

ALARICA : Le mal. D'arrêter le mal, quand il court. Je ne commettrai pas ce crime, sûr que non !

CÉLESTINCIC : Tu délires.

F... : Moi, je comprends ce qu'elle dit.

CÉLESTINCIC : Ce roi d'Occident est une crapule. Quand je vois ce qu'a fait de toi sa félonie...

ALARICA : Le roi d'Occident est un très grand roi. Vous n'êtes, vous, qu'un petit roi d'oies. Vous régniez sur des oies, mon ami. Mais patience... Patience...

CÉLESTINCIC : Cette belette de gouvernante, le maréchal, mes postillons, les officiers, les autorités de la Saxe doivent constater la folie de la princesse de Courtelande.

Il va vers la porte.

ALARICA : Le mal court. Furet ! Furet ! Surtout, qu'il coure ! S'il se fixe, fût-ce un instant, il s'épaissit, comme le mauvais de la pluie. Qu'il doive, quelque jour, s'arrêter, que ce soit à l'extrémité définitive de sa vitesse, de sa force !

CÉLESTINCIC *appelle dans le corridor* : Messieurs.

Entrent le maréchal et le lieutenant.

CÉLESTINCIC : Messieurs, vous me voyez dans une grande peine.

LE MARÉCHAL : L'événement est dur. Ils ont préféré l'Espagne. La grandeur les travaille.

CÉLESTINCIC : Non... Ce n'est pas cela... Ce n'est pas que cela. Ma fille... Ma pauvre fille... Vous connaissez la princesse. Dès sa plus tendre enfance elle manifesta, par une exubérance du meilleur aloi, la générosité de son tempérament. Plus tard, sa gaieté, sa tendresse, l'ouverture de son cœur, la promptitude de ses mouvements firent mes délices. Jamais d'une bassesse, d'une perfidie, jamais de l'ombre d'un mensonge elle n'eut à s'accuser. Aujourd'hui, cette créature admirable, la tête dérangée par le malheur, m'insulte. Elle m'insulte dans la présence de cet homme, que je vous prie d'arrêter, Lieutenant... Messieurs, j'ai le regret de vous apprendre que, pour quelque temps, la princesse demeurera close. (Il faudrait pourtant que cette gouvernante soit là !)

ALARICA : Vous vous trompez...

CÉLESTINCIC : Je ne veux pas vous écouter. Maréchal, faites quérir, par les postillons, un médecin, deux ou trois femmes de chambre. Nous avons de l'argent. Faites venir du monde, le plus de monde possible.

ALARICA, *à F...* : Ta place t'attend dans un cadre important.

F... : Paré, ma goulue.

Il va se mettre devant la porte, la main à l'épée.

CÉLESTINCIC, *à F...* : Vous êtes arrêté.

F... : D'accord. Je suis arrêté. Je ne bouge pas. Vous non plus.

ALARICA, *à Célestincic* : Vous vous trompez. Vous mettez de l'huile de chanvre en place d'huile d'olive jusque dans la salade qu'à vous-même vous servez. Vous vous trompez pour ne pas voir que je vous trompe. Je n'ai fait que mentir dès mon premier bonjour.

CÉLESTINCIC : Elle est folle. Finissons-en !

LE MARÉCHAL : Ce qu'elle dit semble intéressant.

ALARICA : N'ayant jamais menti, j'ai sans trêve menti. J'ai respiré le mensonge, sué le mensonge, marché, mangé, chanté le mensonge. Toute ma vie ne fut qu'une feinte. Monsieur de la Béquille, je vais vous le prouver.

CÉLESTINCIC : Alarica, mon petit, mon enfant, tu me fais peur. Lieutenant, il faut lier la princesse.

LE LIEUTENANT : Je me demande où elle veut en venir.

LE MARÉCHAL : Les signes vont se précisant. Lorsque l'impératrice Catherine escamota son mari, pour le déposer, il y avait, tout autour des acteurs de ce drame historique, comme une odeur de phosphore et de violette[1]. Mon ami Mogroutoff — Mogroutoff ou Souzanoff ? — me l'a souvent répété. Il me semble percevoir un atome de phosphore.

LE LIEUTENANT : Que me conseillez-vous ?

LE MARÉCHAL : La tortue.

LE LIEUTENANT : La torture ?

LE MARÉCHAL : Non... Non... La tortue... Beaucoup de lenteur.

LE LIEUTENANT : Re ?

LE MARÉCHAL : E[2].

ALARICA : Jusqu'ici, elle n'aura servi, en fin de compte, ma vie, ma si pure, ma si droite vie, qu'à masquer le présent ouragan de ma férocité. Ma férocité se démasque. Tout le mal que je n'ai pas fait, je vais le faire d'un seul coup. La plaine s'ouvre. Que jaillisse la montagne des eaux noires ! Fernand !

F... : J'étais imbécile, avec mes gendarmes. Mes amis, il y a mieux à faire, mille fois mieux. Tenez. Vous avez plein de marécages, n'est-ce pas ?

CÉLESTINCIC : Je vous interdis...

ALARICA, *vers Célestincic* : Silence !

LE MARÉCHAL : Laissez-le s'expliquer. C'est un occidentiste. Ils ont inventé la baïonnette triangulaire.

F... : Vos marécages, hé bien, qui nous empêche de planter dedans d'énormes tuyaux de fer blanc, je dis bien, de fer blanc, comme le fer blanc des gouttières, afin de rassembler toute l'eau dans une vallée et que, de là, elle se rende dans les fleuves !

LE MARÉCHAL : C'est en tout point ce que je m'éreinte à préconiser depuis que nous avons ce royaume...

CÉLESTINCIC : Vous avez l'audace d'approuver ce galvaudeux[1] ?

LE MARÉCHAL : J'approuve le bon sens. Et je goûte le vent.

F... : Sur les marécages, le blé poussera. L'Angleterre n'en produit guère. J'y suis été. Elle nous en prendra quinze bateaux par an. Il nous faudrait un port. *(Vers Alarica.)* C'est bien dit ?

ALARICA : Je te soulève. Je t'inspire[2]. Fais résonner ta voix forte. Mon homme, va !

F... : Les bateaux anglais viendront prendre le blé dans le port moscovite le plus proche de nous. L'impératrice Catherine nous en louera un.

LE MARÉCHAL : Prodigieux ! Totalement prodigieux !

F... : Elle nous en louera un. C'est obligé. D'abord elle palpe le bail. Ensuite, à mesure que d'argent et de crédit nous nous enflons, elle se met, la brave Catherine, elle se met à nous vendre du cuir, des fourrures, du thé. À notre tour, avec l'argent de notre blé, nous achetons, en Angleterre, des machines...

CÉLESTINCIC : Messieurs, le roi de Courtelande vous enjoint de l'assister à mettre fin à ces extravagances.

LE MARÉCHAL : Attention. La violette rejoint le phosphore...

ALARICA : Messieurs, la reine de Courtelande vous délie du serment prêté entre les mains de ce béquillard[1] pastilleux[2]. La reine de Courtelande vous conseille de jurer fidélité à moi-même et, par-dessus le marché, à ce beau garçon que, désormais, je promeus mon cheval, mon danseur, mon tuteur, mon filleul et mon cavalier. Les blés seront hauts, désormais, là-bas, sur notre contrée mal notée. Nous aurons des hôpitaux, des casernements, des instituts. Je m'en moque. Je ne recherche pas la puissance pour la puissance mais il se trouve que je suis la fille d'un souverain et que le renversement de mon âme du côté du mal qui est le bien, du mal qui est le roi, je ne puis l'accomplir de plus mémorable, de plus exemplaire manière qu'en revendiquant la puissance, par l'assassinat si c'est nécessaire.

LE LIEUTENANT : Qu'est-ce qu'on fait ?

LE MARÉCHAL : Il n'y a rien à faire. La béquille en a dans l'aile. Il faudra faire changer la grande initiale au fronton du théâtre. Ça pue le phosphore et la violette, l'agonie et le commencement.

ALARICA : Engendrer signifie que l'on douta de soi pour accomplir sa vie. L'enfant détruit le parent.

CÉLESTINCIC : Je ne consens pas qu'on me détruise. Je ne me laisserai pas déposséder. Je sais me battre. Je me suis déjà battu !

LE MARÉCHAL : Il est battu. *(Au lieutenant.)* Un conseil. Ne bougez pas.

CÉLESTINCIC : Maréchal ! Lieutenant ! Mes postillons ! Mes soldats !

ALARICA : Les granges craqueront de blé. Nous aurons des canons, des douaniers, des prêtres. Les enfants prieront à genoux devant mon image.

LE MARÉCHAL : Vive Sa Majesté la reine. *(Au lieutenant.)* Allez-y.

LE LIEUTENANT : Vive Sa Majesté la reine ! Et lui, sous quel titre faut-il l'acclamer ?

LE MARÉCHAL : Bravo, Monseigneur ! Bravo, le grand maître du sec !

LE LIEUTENANT : Bravo ! Bravo, Monseigneur ! Hourra, le grand sec !

CÉLESTINCIC : Je vous ferai pendre par mes soldats. Je protesterai devant les puissances. *(À F...)* Canaille, je vais te casser la tête.

LE MARÉCHAL, *à Célestincic* : Restez donc tranquille. Il vous empalera comme un pigeon.

CÉLESTINCIC : Qu'est-ce que je vais devenir[1] ?

LE MARÉCHAL : Vous avez toujours votre nécessaire, n'est-ce pas, pour la salade ?

CÉLESTINCIC : Ma petite fille. Ma petite... Quand elle a marché la première fois, je tremblais, derrière elle... Elle est allée d'un fauteuil à une table. Mes yeux, je crois, la tenaient debout, comme des bras. Plus tard... Quand elle avait mangé sa soupe, elle retournait l'assiette. Elle lui donnait un baiser. Ma petite fille... Ma petite[2]. Elle avait une poupée bleue. Comment, comment a-t-elle pu... Ma petite...

ALARICA : Le mal court[3].

FIN.

DOSSIER

CHRONOLOGIE

1899-1965

1899. *25 mars* : naissance à Antibes de Jacques Séraphin-Marie, fils unique de Louis et Victorine Audiberti. Il est entrepreneur en maçonnerie, elle est sans profession.

1905-1914. Études primaires puis secondaires à Antibes.

1914. Interrompt ses études au collège pour raisons de santé. Premier poème publié le 24 janvier dans *Le Réveil d'Antibes.*

1914-1919. Au fil des années, égrène poèmes et chroniques d'actualité dans cette feuille quotidienne puis hebdomadaire de sa ville natale.

1916-1918. Reprend ses études mais ne passe pas le baccalauréat.

1918-1924. Sa mauvaise santé lui ayant valu d'être exempté du service militaire, exerce divers métiers à Antibes, dont celui de commis greffier au tribunal local où son père est juge consulaire.

1924. S'installe à Paris où son ami antibois Émile Condroyer l'introduit dans les milieux de la presse. Après un bref passage au *Journal*, il entre le 1er octobre au *Petit Parisien* où il s'occupe des « chiens écrasés ». Rencontre Benjamin Péret qui y est, lui aussi, reporter.

1926. Épouse une institutrice antillaise qui lui donnera deux filles, Jacqueline et Marie-Louise.

1930. Son père lui avance l'argent qui lui permet de publier à compte d'auteur un recueil de poèmes, *L'Empire et la Trappe*, écrit quelques années plus tôt et que Jean Cassou salue dans *Les Nouvelles littéraires.*

1931-1934. Se remet à écrire des poèmes, que Cassou et Valery Larbaud placent dans diverses revues poétiques et littéraires, *La Revue nouvelle, 14 rue du Dragon, Cahiers du Sud, Journal des poètes,* et plusieurs romans qui resteront longtemps inédits.

1933. Un poème inaugure sa longue collaboration à *La Nouvelle Revue Française.* Son interlocuteur privilégié est désormais Jean Paulhan avec lequel il noue une correspondance qui durera jusqu'à sa mort. Fréquente aussi Léon-Paul Fargue, Maurice Fombeure, Jean de Bosschère, Jean Follain, Ivan et Claire Goll, André Rolland de Renéville, Camille Bryen, Gaston Bonheur.

1935. *L'Année poétique* publie un choix de ses poèmes.

1936. À l'occasion de vacances en Lozère, écrit deux pièces, *L'Ampélour* et *La Bête noire.*

1937. Publie un recueil de poèmes, *Race des hommes* aux éditions Gallimard où seront désormais édités presque tous ses livres.
Obtient le prix de la pièce en un acte pour *L'Ampélour* que publie la revue *Mesures.*
Premier reportage suivi dans *Le Petit Parisien.*

1938. L'académie Mallarmé lui décerne son premier prix de poésie.
Publie un roman, *Abraxas* (Gallimard) qui obtient une voix au prix Goncourt.

1939. Publie un roman, *Septième* (Gallimard).

1940. Quitte *Le Petit Parisien.* Collabore à la *Nouvelle Revue Française* que fait reparaître Drieu la Rochelle.

1941. Après plusieurs mois de chômage intellectuel, entre comme chroniqueur à *Aujourd'hui* et comme critique de cinéma à *Comoedia.*
Publie un roman, *Urujac* (Gallimard), et un recueil de poèmes, *Des tonnes de semence* (Gallimard).

1942. Publie un roman, *Carnage* (Gallimard), et un manifeste poétique, *La Nouvelle Origine* (Gallimard), qui prend la place d'une revue poétique et littéraire mort-née.

1943. Publie un roman, *Le Retour du divin* (Gallimard), une longue nouvelle, *La Fin du monde* (Société Parisienne de Librairie et d'Édition), et un recueil poétique, *Toujours* (Gallimard).
La mort de son père le conduit à Antibes où il passe la fin de la guerre.

1944. Publie un roman, *La Nâ* (Gallimard).

1945. Publie deux pièces, *Quoat-Quoat* (*Le Livre des Lettres*) et *La Bête noire* (Éditions des Quatre Vents) ; la pièce sera créée en 1948, sous le titre de *La Fête noire.*

1946. André Reybaz et Catherine Toth créent *Quoat-Quoat* au théâtre Agnès Capri. Publication du *Mal court* (*Le Magasin du spectacle*) et d'un recueil poétique, *Vive Guitare* (Robert Laffont).
Expose des gouaches dans une galerie parisienne.
Élection à l'académie Mallarmé.
Emprunte à l'écrivain italien Benjamino Joppolo la notion d'« abhumanisme » auquel il va s'efforcer de donner un contenu doctrinal.

1947. Assiste à la conférence d'Artaud au Vieux-Colombier.
Publication de quatre romans, *L'Opéra du monde* (Fasquelle), *Le Victorieux* (Gallimard), *Talent* (Egloff) et *Monorail* (Egloff).
Le mal court, monté par Georges Vitaly, obtient le premier prix au concours des jeunes compagnies.

1948. Publie *Théâtre I* qui contient *Quoat-Quoat, L'Ampélour, Les Femmes du Bœuf* et *Le mal court* (Gallimard), et un recueil d'« actualité », *Les médecins ne sont pas des plombiers* (Gallimard).
Salue *Akara* de Romain Weingarten et publie un hommage à Artaud dans *L'Intransigeant.*
Jean Debucourt crée *Les Femmes du Bœuf* à la Comédie-Française et Georges Vitaly *La Fête noire* au théâtre de la Huchette.

1949. Travaille, pour le compte de son ami l'éditeur Joseph Foret, à une encyclopédie en dix volumes, *Le Globe dans la main,* dont ne paraîtront que deux fascicules.

1950. Obtient la Légion d'honneur grâce à Paulhan.
Publie deux romans, *Cent Jours* (Gallimard) et *Le Maître de Milan* (Gallimard), et un poème, *La Pluie sur les boulevards* (Angers, Au masque d'or).
André Reybaz crée *L'Ampélour* au théâtre des Noctambules et Georges Vitaly *Pucelle* au théâtre de la Huchette.

1952. Publie un roman, *Marie Dubois* (Gallimard), un « colloque abhumaniste », *L'Ouvre-boîte,* auquel a collaboré son ami le peintre Camille Bryen (Gallimard), et *Théâtre II* qui contient *La Fête noire, Pucelle* et *Les Naturels du Bordelais* (Gallimard).

Apporte son soutien public aux *Chaises* d'Ionesco.
Jean Darcante monte sa traduction de *Filumena Marturano* d'Eduardo De Filippo au théâtre de la Renaissance.

1953. Publie un recueil poétique, *Rempart* (Gallimard).
Participe au premier numéro de la *Nouvelle NRF*. Collabore régulièrement à *La Parisienne* et à *Arts*, où, en tant que critique de théâtre, il salue *En attendant Godot* et *Christophe Colomb* (de Claudel), puis aux *Cahiers du cinéma*, où il se lie avec François Truffaut.
Échec des *Naturels du Bordelais* monté par Georges Vitaly au théâtre La Bruyère.

1954. Publie un essai, *Molière* (L'Arche), et un roman, *Les Jardins et les Fleuves* (Gallimard).

1955. Publie un roman en vers, *La Beauté de l'amour* (Gallimard), un essai, *L'Abhumanisme* (Gallimard), et une pièce, *Le Cavalier seul* (Gallimard), qu'il n'arrive pas à faire jouer.
Georges Vitaly reprend *Le mal court* au théâtre La Bruyère.

1956. Publie un roman, *La Poupée* (Gallimard), un essai, *Les Enfants naturels* (Fasquelle), et *Théâtre III* qui contient *La Logeuse*, *Le Ouallou*, *Opéra parlé* et *Altanima* (Gallimard).

1957. Publie *Le Sabbat ressuscité par Léonor Fini* (Société des Amis des Livres) et *La Mégère apprivoisée* (Gallimard).
Georges Vitaly crée cette pièce librement adaptée de Shakespeare au théâtre de l'Athénée et Jean Le Poulain *La Hobereaute* au festival des Nuits de Bourgogne.
Chroniques cinématographiques à la *Nouvelle NRF*.

1958. Publie un roman, *Infanticide préconisé* (Gallimard), et un long poème, *Lagune hérissée* (Société des Cent-Un et *NRF*).
Reprise de *La Hobereaute* au théâtre du Vieux-Colombier.

1959. Georges Vitaly crée *L'Effet Glapion* au théâtre La Bruyère. La pièce connaît un grand succès public grâce notamment à l'interprétation de Jacques Dufilho. Jacques Lemarchand la publie immédiatement chez Gallimard.

1960. Pierre Valde crée *La Logeuse* au théâtre de l'Œuvre. Traduction allemande de *Quoat-Quoat*.

1961. Publie *Théâtre IV* qui contient *Cœur à cuire*, *Le Soldat Dioclès*, *La Fourmi dans le corps*, *Les Patients*, *L'Armoire classique* et *Un bel enfant* (Gallimard).

1962. Publie *Théâtre V* qui contient *Pomme, Pomme, Pomme*, *Bâton et ruban*, *Boutique fermée* et *La Brigitta* (Gallimard).

André Barsacq crée *La Fourmi dans le corps* à la Comédie-Française, Georges Vitaly *Pomme, Pomme, Pomme* au théâtre La Bruyère et François Maistre *La Brigitta* à l'Athénée.

Jacques Baratier tire un film de *La Poupée*. Audiberti en a écrit le scénario et les dialogues.

1963. Publie une pièce, *La Guérite* (*NRF*) et un roman, *Les tombeaux ferment mal* (Gallimard).

Marcel Maréchal crée *Le Cavalier seul* à Lyon et Georges Vitaly reprend *Le mal court* au théâtre La Bruyère.

1964. Publie un recueil de vers, *Ange aux entrailles* (Gallimard), et une pièce, *La Guillotine* (*NRF*).

Reçoit le Prix des critiques et le Grand Prix National des Lettres.

1965. Publie ses *Entretiens avec Georges Charbonnier* (Gallimard).

Marcel Maréchal crée *L'Opéra du monde* à Lyon et lui fait écrire une adaptation théâtrale de *La Poupée*.

Meurt du cancer le 10 juillet à Neuilly. Obsèques à Saint-Nicolas du Chardonnet. Inhumation au cimetière de Bagnolet.

Publication posthume par Gallimard de *Dimanche m'attend*, ses « antimémoires ».

NOTICE

La Bibliothèque nationale conserve deux manuscrits du *Mal court*. Le « premier jet » a été rédigé sur un cahier de 99 pages — de papier quadrillé —, dont 13 écrites recto verso. Les ratures assez nombreuses d'une part et la pluralité des graphies et des encres d'autre part démentent la confidence d'Audiberti (voir la Préface, p. 10). Le premier acte a été l'objet des corrections et repentirs les plus nombreux. L'auteur a très vite trouvé les noms définitifs des personnages et semble avoir écrit les deux actes suivants avec beaucoup de facilité. Le troisième est moins fini. Il est possible que des feuilles volantes aient été perdues.

Le « manuscrit propre » se compose de trois cahiers, respectivement de 48, 35 et 36 pages écrites assez soigneusement et comportant peu de ratures et additions. Il est très proche de la version publiée dans *Le Magasin du spectacle* en 1946[1], laquelle présente de minimes différences avec celle publiée dans *Théâtre I* en 1948, version que nous reproduisons dans le présent volume. (Voir, à titre d'exemple de ces différences, p. 84, n. 1.)

L'étude systématique des variantes reste à faire. Les additions, soustractions et substitutions successives ont visé à rendre le dialogue plus vif et les personnages plus truculents. Le styliste a parachevé le travail du dramaturge.

1. Ce « mensuel du théâtre et du cinéma » était dirigé par Kléber Haedens. Sept numéros ont paru entre avril et décembre 1946.

ANNEXES

Audiberti a plusieurs fois présenté Le mal court. *À la création, puis lors de deux reprises, en 1955 et en 1961, le programme du spectacle contient une courte présentation signée par lui. Il nous a semblé utile de citer ces textes tactiques* in extenso. *On leur a ajouté une page de* Dimanche m'attend.

AVANT *LE MAL COURT* AU THÉÂTRE DE POCHE

« Le mal court » est dans l'air. Il semble que notre époque doive remâcher la même pensée, faire la même pièce, gratter la même angoisse. À savoir si ce monde est bien le monde du mal.

Si ce monde où nous avons notre vie sensible est bien le monde du mal (et le mal c'est bien entendu ce qui fait mal) quelle devra être l'attitude la plus noble, la plus droite par exemple pour une jeune princesse qui entre dans la vie et à qui, par les voies de l'injustice et de la police, on fait du tort ? Ce tort, ce mal qu'on lui fait lui opposera-t-elle la vaine barrière d'une récrimination larmoyante ou, au contraire, le fera-t-elle passer, le fera-t-elle courir comme un furet, comme un mot d'ordre, comme le feu d'un incendie afin que la masse disponible du mal tout entier, du péché originel si l'on veut, soit aussi vite que possible consommée, épuisée. C'est ce parti qu'elle prend. Elle « reversera », sur la tête des êtres qu'elle chérit, le mal qui l'atteignit.

Dans les décors de Marie Viton, d'un dix-huitième siècle interprété, les comédiens de Georges Vitaly évoluent comme des pantins bariolés. Suzanne Flon, chargée de la croix de chair du rôle de la princesse Alarica, mêle à leur quadrille saccadé le jaillissement sans apprêt de sa nature pathétique.

(Audiberti, *Opéra*, 18 juin 1947.)

ANALYSE

Le mal court se passe dans un XVIIIe siècle de vraisemblance mitigée.

Le thème est simple. Pas un philosophe n'hésiterait à le qualifier de lieu commun. Notre lieu commun, ici, c'est le mal.

Le mal ? Avec les Albigeois, ces Albigeois qui sont comme les microbes de la transe religieuse occidentale, nous posons que ce monde est le pays du mal (« Le pays propre de la misère », dit Bossuet, fort peu albigeois cependant...).

Nous admettons, est-il besoin de le dire ? que le mal pourrait bien n'être que contenu et hospitalisé dans une économie plus générale de l'être, dont la destination suprême serait bonne. Mais si notre monde (guerre, maladie, police) est le pays du mal décidé par Dieu, une âme noble pourra considérer que son devoir est de s'accorder à la loi de ce monde la plus évidente, la plus impérieuse. La loi du mal.

Jeune princesse de l'Est lointain, Alarica de Courtelande vient se faire épouser officiellement par le monarque d'Occident (et l'on aurait tort de traduire Alarica et Parfait XVII par Marie Leczinska et Louis XV, mais il ne faudrait pas non plus négliger la vague référence présentée par le mariage du roi de France et de la Polonaise). Alarica rencontre, à quelques lieues de la frontière « occidentiste », un gentilhomme qui se fait passer pour le monarque et qui n'est qu'un policier chargé de la compromettre. Elle tombe au piège. Elle couche avec l'homme. De plus la propre gouvernante d'Alarica...

On a fait du mal à la princesse. Ce mal qu'on lui a fait, qu'on lui a « révélé », qu'on lui a donné, cette nature affamée de logique, d'harmonie et de vérité va le transmettre aux autres. Dure et cruelle elle sera. Son regret, même, sera qu'un « bien » doive naître du « mal » qu'elle commet, du bien.

Un air de menuet accompagne la jeune voix soudain militaire de celle qui n'évoque plus la Leczinska mais Catherine de Russie.

Et le cardinal politicien, ministre du roi Parfait, se précipite au cervelas.

(Audiberti, programme du Théâtre de Poche, 1947.)

Le vieux problème n'a pas cessé de tourmenter l'homme.

De quoi s'agit-il ? Voilà...

Pour nous qui sommes pris dans la cruelle salive de la vie, est-ce que ce monde est mauvais ? Est-ce que ce monde est le monde du mal ?

Il y a, certes, de bien agréables moments sur la terre, mais il en est aussi de salement et durement désagréables, en fort grand nombre. Et l'on peut se demander si, dans l'ensemble, ici-bas n'est pas, pour de bon, le pays propre de la misère. Ainsi l'affirment non seulement le livre de Job et les Manichéens, mais jusqu'à Bossuet — lequel, d'ailleurs, bien entendu, ne met pas en cause la bonté finale de Dieu.

Comme Bossuet nous pouvons ne pas douter de la bonté finale de Dieu mais, pour l'instant, sur cette terre, nous constatons qu'il y a le mal — le mal aux dents, et les bourreaux de police, et l'argent, et l'amour, et les autres hommes.

Alors, une âme droite, noble, éprise de justice (l'âme, mettons, d'une jeune fille) pourra normalement être tentée, par cette soif de justice qui la constitue, de s'aligner tout droit sur le règlement le plus immédiat et le plus sensible de ce monde. Quel règlement ? Le mal.

Cette âme, donc, opte pour le mal. Au mal qu'on lui fait elle s'abstient d'opposer la vaine barrière des larmes. Tout au contraire, ce mal qu'on lui fait, elle le transmettra. Non sans le développer et le perfectionner, elle lui soumettra les créatures que davantage elle chérit.

Une garce, donc ? Une criminelle. Non.

En agissant dans le sens du mal, Alarica de Courtelande semble avoir à cœur de hâter le plus possible la consommation, la disparition du mal ou, si l'on préfère, du péché originel.

(Audiberti, programme de la Comédie des Champs-Elysées, 1947.)

LE MAL COURT

L'histoire se passe dans l'Europe du XVIIIe siècle, alors que l'inconfort des transports n'empêchait pas les gens de voyager beaucoup. À cette époque, comme aujourd'hui, on se battait, on se mariait. Des unions royales s'organisaient, surtout dictées par la politique. Et c'est précisément un mariage de ce genre qui fait le prétexte et le point de départ du *Mal court.*

Une jeune fille, Alarica, dont le père est le monarque souverain du grand-duché de Courtelande, se rend en Occident afin de s'y faire solennellement épouser par le « roi d'Occident ». Et tout de suite, on pense à Marie Leczinska qui fut, comme on sait, appelée de Pologne à Paris pour y devenir l'épouse de Louis XV. Mais il ne faudrait pas, dans Alarica et dans le « roi d'Occident » reconnaître Marie Leczinska et Louis XV. D'ailleurs l'analogie, dès le premier acte, s'écroule...

La politique a ses lois qui ne sont pas celles de l'amour. Au moment d'atteindre la frontière d'Occident, Alarica se heurte à une machination à ce point monstrueuse et malfaisante que sa pureté, sa loyauté se révoltent. Nous n'avons plus maintenant devant nous qu'une timide princesse destinée à un monarque qu'elle n'a jamais vu. Alarica évoquerait plutôt la redoutable Catherine de Russie. On lui a fait du mal. Eh bien ! elle en fera. Du moins, désormais, parce qu'elle a cru comprendre que la loi de ce monde était dure, dangereuse, elle abdiquera ses rêves de petite fille pour se conformer à cette loi. Non, certes, par méchanceté foncière, mais dans un souci d'harmonie et de « justice ». Alarica pense, en effet, que la faiblesse, l'idéalisme et la pudeur ne peuvent qu'aggraver le malaise universel.

Le cri : « Le mal court » que la princesse Alarica pousse à la fin de la pièce constitue, sans nul doute, la constatation de ce fait que le mal, dans sa réalité comme dans sa théorie, se propage avec rapidité. Mais il exprime aussi le souhait que ce mal soit court et que lui succèdent l'amour et la bonté.

(Audiberti, programme du Théâtre La Bruyère, 1955.)

À PROPOS DU *MAL COURT*

Ils avaient des lunettes, des chaufferettes, des gazettes. Dans les cabinets de physique, l'électricité balbutiait. Ils avaient même un petit peu la vapeur, machine automobile de Cugnot, chaloupe de Jouffroy d'Abbans.

Mais, dans l'ensemble, ils prolongeaient le temps de Louis XIV qui succédait sans rupture à celui de Louis XIII. Point d'anesthésiques. Pas encore la photographie. Le gaz de houille dort encore. Le monde moderne, cependant, mûrit. Bientôt il se manifestera. Mais les chaises à porteurs s'opposent à l'éruption. C'est le dix-huitième siècle, avec ses perruques petit à petit plus courtes, pour la commodité du bourreau qui vient.

Ils voyageaient beaucoup. La bougeotte leur apportait un pain complet de fièvre mâchée avec lenteur. Ils erraient à travers une Europe sans voies ferrées où néanmoins Londres, Venise, Paris, Munich, Amsterdam, Saint-Pétersbourg, à travers les missives prometteuses d'itinéraires, raconteuses d'aventures, résonnaient avec l'accent mondain et distingué qu'ils conserveront à l'enseigne des grands hôtels et des wagons-lits.

La bigue colorée s'abaissait et se relevait au franchissement des frontières. L'étroitesse des voitures, la fumée des chevaux et le hourvari des auberges escortaient la découverte de capitales situées l'une de l'autre à des distances lunaires ou bien, comme en Allemagne, aussi voisines entre elles que les cases du jeu de dames. Quand on y pénètre moyennant la complicité du document où s'argentent les boucles de la Pompadour ou par le chemin subsistant de nos jours entre les clochers et les beffrois, quel siècle prenant, aguicheur, malsain... le nôtre tout craché ! Auparavant les croisades, les armées, les hordes remportaient ce qu'elles avaient apporté, hormis des noms de lieu et même des langages entiers dont on oubliait vite qu'ils n'étaient point nés dans le pays. Désormais l'esprit, si c'est bien lui, précédant avec subtilité les insensibles agilités du télégraphe, crépitera dans une présence générale entre la Comédie-Française et la Cour de Catherine à l'autre bout de l'Europe. Voltaire et Casanova se croisent et, par la portière, se saluent du tricorne.

Un courant catalyseur persifle l'homme en feignant de le délivrer, par le moyen d'imprimeurs que l'on s'en va chercher sur l'autre bord des fleuves. Le chevalier d'Éon galope, des papiers secrets dans le retroussé de sa manche galonnée et Fanfan-la-Tulipe chevauche à ses côtés.

Ils aperçoivent, en quelque Alsace, à l'étape, l'équipage de Marie Leczinska, qui vient de se faire épouser par Louis XV. Mais c'est trop facile, n'est-ce pas, d'accepter toujours l'Histoire telle qu'elle fut ! Et si Louis XV n'avait pas épousé la Polonaise ? Et si, avant la Polonaise, il eût essayé d'engager comme reine une autre jeune princesse de l'Est qui, par exemple, se fût appelée Alarica de Courtelande ? Rien dans ce cas ne changerait dans la physionomie du siècle des Lumières. Et c'est pourquoi, lorsque j'entreprends de narrer le voyage d'Alarica vers la France dans une pièce qui s'appelle *Le mal court*, je laisse intacte, autour de mon héroïne, l'atmosphère de l'époque, sa réalité brutale et pimpante, son militarisme nuptial et enrubanné, le dur de la chair sous le soyeux des atours, la bête cruelle et velue dans les plis de Fragonard.

(Audiberti, programme de la Comédie du Nord, 1961.)

Le mal court émane d'un XVIIIe siècle sillonné de philosophes et de grandes dames sans cesse par les chemins. Devant les voitures hippomobiles du comte de Saint-Germain ou de la princesse de Sagan se levait la bigue peinte à deux couleurs qui marque les frontières. À l'étroitesse des compartiments, à la dureté des cahots, à la longueur des trajets consentait ce monde intelligentissime non encore dégagé de la roue aux jantes de fer acoquinée aux grosses fesses alternatives des canassons chéris des mouches.

Alarica de Courtelande, fille du roi Célestincic, l'héroïne de mon *Mal court*, quitta sa vague résidence des confins polonais. Elle s'envoya l'entière largeur de l'étendue germanique en compagnie du maréchal de la noblesse et d'un lieutenant de l'armée courtelandaise, pour venir s'entendre dire, devant le Rhin, le « fleuve », tout près de Sistrebourg, transparent pseudonyme de Strasbourg surgissant dans sa flèche rose, que le roi d'Occident, Parfait, dix-septième du nom, qui devait l'épouser, ne l'épouse plus. Ce mariage avait été mis sur pied pour de strictes raisons de stratégie diplomatique par le cardinal de la Rosette, ministre des Affaires étrangères de ce roi, étrangères à ce roi. Sollicités par son titre de cardinal, certains metteurs en scène commettent l'erreur de le présenter en habits ecclésiastiques. Un théâtre scandinave l'affuble même d'une robe noire, d'une grande croix sur le ventre, un vrai Makharios *(sic)* glabre et luthérien. Je le vois, moi, plutôt en vêtements civils, et dans une cape de voyage à plusieurs collets. Quoi qu'il en soit, non content d'avoir embringué ma pauvre Alarica dans un mariage mirage, ce ministre, des verrues plein le visage, ministre du roi mais non point de Dieu, du moins pas immédiatement, avait organisé le plus fourbe des traquenards en s'arrangeant pour introduire, à la dernière étape, dans la chambre de la jeune fille, avant l'heure fixée pour la rencontre officielle des fiancés, un alerte agent secret. Celui-ci se fait passer pour le roi Parfait en personne. Impatient, censément, de se porter au-devant de sa promise, il la compromet sans recours. De plus, en même temps que lui vient révélée la machiavélique mécanique montée contre elle, Alarica, jusqu'ici débordante de confiance enjouée, apprend que sa gouvernante, Toulouse, au service de la Courtelande depuis quinze ans, appartient à la police occidentiste, elle aussi. Donc le mal existe. Le mal existe même si, quelque part au-dessus de lui, sinon même à côté de lui, règne le « bien », l'un et l'autre acharnés réciproques tantôt à se faire valoir, tantôt à échanger leurs apparences. Pour en finir avec le mal, pour ne plus le voir, pour qu'il cesse de faire au bien l'injure de se masquer de lui pour perpétrer ses sales coups, Alarica, tel, plus tard, Mussolini, le socialiste aux lance-flammes, se donne au mal. Non seulement elle couche à fond avec le policier mais, conjuguant en elle Christine de Suède et Catherine de Russie dans leur goût volontaire à se farcir d'amants, elle l'engage, ce policier, ce flicard tricornu du siècle des Lumières, comme étalon attitré. Mieux, elle dépossède son père, l'attendrissant Célestincic — un nom que je forgeais à partir d'Augustincic, le directeur de la galerie de peinture de la rue Fleurus, où j'exposai des gouaches.

(Audiberti, *Dimanche m'attend*, p. 191-193.)

HISTORIQUE DE LA MISE EN SCÈNE

Le mal court est créé au théâtre Charles de Rochefort le 12 juin 1947 dans le cadre du premier concours des jeunes compagnies théâtrales. Georges Vitaly a signé la régie du spectacle. Il est d'origine russe, il n'a pas alors trente ans. Ses quelques écrits de l'époque trahissent l'influence d'Artaud et des surréalistes. Dans le programme du *Mal court*, on lit ainsi : « Le théâtre relève, il nous semble, beaucoup plus de la magie que de l'art à proprement parler. Nous pensons que l'élément incantatoire joue un rôle prépondérant dans toute manifestation théâtrale. Après viennent l'action et l'intrigue. »

Vitaly s'est attribué le rôle de Parfait. Gabriel Jabbour joue le roi Célestincic, Lucien Guervil le cardinal de la Rosette et Jeanne Herviale Toulouse. R. J. Chauffard joue le maréchal. Après avoir débuté dans *Huis clos*, il va être, dans les années qui suivent, étroitement associé au Nouveau Théâtre. Le rôle écrasant d'Alarica revient à Suzanne Flon, ancienne secrétaire d'Édith Piaf, qui avait été Ismène dans l'*Antigone* d'Anouilh. Les décors et costumes sont de Marie Viton.

Le spectacle séduit le jury qui lui attribue le premier prix. Les critiques manifestent moins d'enthousiasme. Les uns louent l'œuvre d'Audiberti et éreintent le travail de Vitaly ; les autres étrillent la pièce mais applaudissent les interprètes. Jacques Lemarchand, qui sera un des plus chaleureux avocats du Nouveau Théâtre, regrette, dans *Combat*, que le texte d'Audiberti soit écrasé par une mise en scène, des décors et des costumes trop « bariolés ». Il estime néanmoins que c'est « la pièce à voir ».

Gabriel Marcel se montre élogieux dans *Les Nouvelles littéraires*. « La nouvelle pièce de M. Audiberti commence par plonger le spectateur dans un état d'incertitude et de désarroi tel qu'il commence à se mettre sur la défensive. Mais peu à peu l'œuvre s'affirme et s'impose et il me paraît difficile en fin de compte de lui refuser son adhésion. Comme je l'avais écrit à l'auteur l'an dernier, il m'apparaît comme un des seuls parmi les nouveaux dramaturges qui, par l'acuité de sa vision et par la force de son style, soit peut-être en mesure de mettre en scène le monde difforme où nous vivons et d'en traduire à la fois le burlesque et l'angoisse. » Le même critique regrette cependant, lui aussi, les excès d'un travail improvisé.

Thierry Maulnier, dans l'hebdomadaire *Le Spectateur*, ne mesure pas ses éloges : « Toute l'action est conduite par M. Audiberti avec une verve qui ne faiblit pas, une cocasserie poétique, une aisance dans les allées et venues du surréalisme au vaudeville, de l'état lyrique au calembour, qui, tout en rappelant Léon-Paul Fargue, restent étonnamment originaux. On rit certes, mais là où l'auteur l'a voulu et comme il l'a voulu : et comme M. Audiberti chaque fois qu'il le veut sait écrire de belles phrases ! En vérité, la poésie coule d'un bout à l'autre de ces trois actes et ne tarit jamais. »

Françoise Parturier partage cet avis dans *L'Époque* : « *Le Mal court* révèle la création la plus originale que nous ayons vue depuis longtemps et je suis persuadée qu'elle demeurera dans notre littérature à la suite des meilleures comédies de Beaumarchais et d'A. de Musset auxquelles elle s'apparente plus réellement qu'on le croirait (...) Une action fantaisiste, des propos cocasses, un thème moral et même actuel forment l'armature d'une comédie qui se révèle atroce malgré son apparente allégresse. Chaque détail est violent, baroque et souvent burlesque. L'ensemble pourtant demeure harmonieux, ce qui prouve une réelle maîtrise. *Le Mal court* résonne comme une fanfare et claque au vent d'un lyrisme vagabond sans jamais renoncer à cette lucidité, à l'ironie, à l'enseignement humain qui marquent les œuvres françaises (...) C'est de l'excellent théâtre avec une action, des caractères et un style. On croit rêver ! »

Jean Tardieu, qui est lui aussi poète, trouve, dans l'hebdomadaire *Action*, des mots justes pour dire la nouveauté de la pièce : « Il est impossible, écrit-il, de rendre l'impression de fraîcheur, de jaillissement, de perpétuel imprévu que donne le langage si neuf et si surprenant dans notre glacial théâtre intellectuel. Cette pièce demeurera dans notre littérature à la suite des meilleures comédies de Beaumarchais et de Musset. »

Robert Kemp, redouté critique du *Monde*, se montre fidèle à son rôle de rabat-joie. Il reconnaît à Audiberti le don d'animer des personnages mais, prenant au sérieux l'« analyse » reproduite en annexe, il lui reproche d'avoir mis trop d'idées dans sa pièce. « Pourquoi veut-il instruire dogmatiquement ? Molière n'a pas écrit un seul conte philosophique. » Il accentue ses griefs lors de la reprise. La pièce est un « conte philosophique agité et babillard », alors que ses goûts l'inclinent vers un théâtre de caractères. Il loue cependant la richesse et la verdeur d'un dialogue, qui, selon lui, oscille entre l'hugolâtrie et le symbolisme.

L'unanimité de la critique, de Jacques Lemarchand à Gabriel Marcel, de Françoise Parturier à Thierry Maulnier, se fait en revanche pour louer Suzanne Flon qui a trouvé le premier grand rôle de sa longue carrière. Robert Kemp n'est pas le moins dithyrambique. « Sa palette, écrit-il, va du blanc et du bleu d'une enfant au pourpre du péché, au noir du désespoir... De fameuses troupes l'envieraient. Ses camarades, par contraste, ont paru laborieux, honnêtes et sans relief. Elle, zigzague, en même temps que les idées et le texte, avec une sûreté et une audace admirables. »

Nombreux sont les comédiens qui, à leurs débuts, ont joué une pièce d'Audiberti. Citons ainsi Pierre Mondy, Michel Piccoli, Jean-Paul Belmondo. Plus qu'aucune comédienne Suzanne Flon a fasciné l'écrivain. Dans son dernier livre, *Dimanche m'attend*, il évoque sa « combativité têtue » et sa « voix dorée ». Entre eux s'est nouée une longue amitié. Chacun des deux sait qu'il doit beaucoup à l'autre.

À peine couronné, le spectacle est accueilli au théâtre de Poche jusqu'au 6 juillet, puis à la Comédie des Champs-Elysées du 8 juillet au 30 août, enfin au théâtre des Noctambules du 4 septembre au 30 novembre 1947. Audiberti, sans renoncer à la poésie et au roman, donne désormais la priorité à l'écriture dramatique. Dès 1948, il publie le premier tome de son œuvre théâtrale. Il a trouvé en Georges Vitaly son metteur en scène attitré. C'est à lui qu'il va confier successivement *La Fête noire*, *Pucelle* et *Les Naturels du Bordelais*.

En 1955, le dramaturge est en panne provisoire d'inspiration après dix années particulièrement fécondes. Son *Cavalier seul* exige un vaste plateau et des moyens qui excèdent ceux des troupes qui ont jusqu'ici joué ses pièces. Vitaly lui propose de reprendre *Le mal court* au théâtre La Bruyère où, après des années d'errance, il a enfin trouvé un havre. Suzanne Flon reprend tout naturellement le rôle d'Alarica. Jacques Dufilho, qui fera peu après triompher *L'Effet Glapion*, joue les rôles du maréchal et de Célestincic. Hubert Deschamps est le cardinal, Roger Pelletier Parfait et Aline Bertrand Toulouse.

Robert Abirached, dans *Études*, voit dans cette reprise un acte de justice : « Le succès du *Mal court* a, sans nul doute, valeur de symbole : il est émouvant de voir aujourd'hui acclamés par la même ovation, l'auteur encore obscur, le metteur en scène tenace et pauvre, la comédienne inconnue de 1947. Ce pourrait donner matière à une assez jolie image d'Épinal. »

Des discordances pourtant se manifestent. Cette année 1955 est une date charnière dans le théâtre de l'après-guerre. Ionesco et Beckett commencent à être connus. Les pionniers échappent à la marginalité. Les pauvres heures du Nouveau Théâtre s'achèvent. Vitaly a commandé les décors du *Mal court* à Léonor Fini, peintre amie et complice d'Audiberti. Celle-ci a exécuté, en 1950, un superbe portrait de l'écrivain qui, en retour, lui a consacré plusieurs articles. En 1957, il publiera *Le Sabbat ressuscité par Léonor Fini*. Elle a été proche des surréalistes mais, le succès venu, elle est réputée « mondaine ». Le décor rouge et blanc et les costumes sont une œuvre dans l'œuvre. Ils enthousiasment ou scandalisent les critiques. Georges Lerminier et Robert Kanters en saluent le « goût » et Pierre Marcabru l'« intelligence ». Jean-Jacques Gautier, conquis, applaudit « un miracle de goût, de clarté et de blancheur révélée par de petits nœuds rouges du plus gracieux effet ». Le sévère collaborateur du *Figaro* juge les costumes, également « exquis de lignes et de couleurs ». Jacques Lemarchand, son confrère du *Figaro littéraire*, n'est pas de reste, qui salue « le raffinement le plus sûr dans l'apparente simplicité, le détail cherché et trouvé dans la plus feinte autorité : une merveille de goût ».

En revanche, Guy Verdot, dans *Franc-Tireur*, assassine le travail de l'artiste et son « odieuse bonbonnerie à petits nœuds de faveurs ». Moins virulent, Guy Dumur, dans le mensuel *Théâtre populaire*, n'en regrette pas moins le luxe du décor, sa « blancheur excessive » et son « style de grand couturier ». Il estime que l'aristocratique maniérisme de Léonor Fini a paralysé Vitaly. Le résultat est qu'il a édulcoré, en la sophistiquant, la vigueur jaillissante d'une « inspiration naïve » et tiré la pièce vers le conte libertin. Une autre lecture, plus dionysiaque, plus échevelée, ou bien plus politique, de la « folle journée » audibertienne était-elle alors possible ?

Pour Guy Dumur, qui écrit son article, alors que la pièce triomphe, un « malentendu » vient de s'installer. Dès cette date on note, chez certains critiques classés à gauche, une tendance à dissocier le texte, inspiré, d'Audiberti, et les réalisations jugées de plus en plus conventionnelles d'un Vitaly auquel il est reproché tantôt d'avoir oublié la leçon d'Artaud tantôt, pire encore, d'ignorer Brecht. C'est qu'en cette année 1955 s'achève la coexistence pacifique entre le Nouveau Théâtre et le théâtre populaire. Elle va laisser place à une concurrence qui a été préjudiciable aux deux. Ce point mérite un arrêt.

En juin 1954, le Berliner Ensemble joue *Mère Courage* au Festival des Nations. Roland Barthes et Bernard Dort, les éléments les plus radicaux de la revue *Théâtre populaire*, reçoivent une véritable « illumination[1] », qui les mue en militants brechtiens. La preuve est faite qu'on peut à la fois faire œuvre moderne et s'adresser aux masses, être un grand écrivain et un marxiste orthodoxe. Un vrai spectacle est à même de susciter une prise de conscience politique sans être un ennuyeux cours du soir.

Théâtre populaire, fondé en 1953, avait jusque-là fait bon accueil et aux réalisations de Jean Vilar et aux auteurs du Nouveau Théâtre. Audiberti y avait publié *Opéra parlé* et de bonnes feuilles de son *Molière*. Guy Dumur s'y était fait l'avocat éloquent de ses pièces. Roland Barthes et Bernard Dort y ayant pris le pouvoir, signifient, dans le n° 17 de la revue, la rupture définitive avec les auteurs de l'antithéâtre. Le premier, toujours retors, fait appel au « moderne » Lévi-Strauss et compare l'artiste d'avant-garde au sorcier qui fixe l'irrégularité pour en préserver la tribu, puis à la vaccine qui immunise contre une maladie. Son rôle est critique, « cathartique ».

L'avant-garde représente une fraction « un peu excentrique », les « voltigeurs », les « francs-tireurs » de l'armée bourgeoise. Elle a opéré non une sécession définitive, mais un décrochage momentané. Sa violence est esthétique, à la rigueur éthique, jamais politique. Les enfants prodigues font tôt ou tard retour dans le giron

1. Roland Barthes, article sans titre, *Esprit*, mai 1965, p. 834.

de la classe dominante. Celle-ci n'a donc rien à craindre de leur « subjectivité » et de leur « liberté ». Toute subversion limitée aux « formes » s'avère, pour elle, inoffensive. Audiberti et Beckett, comme jadis Cocteau, ont naturellement vocation à être récupérés par la bourgeoisie.

Bernard Dort tranche de son côté : « Car de deux choses l'une : ou ce théâtre réussit auprès du public, de notre public, c'est-à-dire que ce public l'accepte, et le dramaturge en devient vite le prisonnier, son œuvre, devenue masque culturel, étant alors réduite à justifier ce public, ou ce théâtre ne réussit pas, et le voilà qui tourne à vide : théâtre d'Histoire sans Histoire, bientôt théâtre de provocation qui ne provoque plus personne, simple grimace. » Il va alors de soi que son indifférence, réelle ou supposée, à la politique classe un auteur à droite. Dort concède, lui aussi, une fonction thérapeutique à l'avant-garde : faisant le vide, elle détache le spectateur de la tradition théâtrale. Mais la provocation ne doit avoir qu'un temps. Une fois sa mission accomplie, elle se trouve placée devant un choix : s'autodétruire ou être récupérée par la bourgeoisie. En d'autres termes, elle se politise ou elle disparaît. Déconditionné, libéré, critique, le public, qu'elle a formé, est alors à même de recevoir les théories et les pièces de Brecht. On passe enfin aux choses sérieuses. Les formes, l'écriture pourront être nouvelles, pourvu que l'idéologie soit révolutionnaire. L'important est que la condition humaine, la vie quotidienne soient représentées de façon socio-historique. En d'autres termes, la modernité doit désormais passer sous les fourches caudines du progressisme. Le message aux auteurs est clair.

Peu d'entre eux, en fin de compte, se laissent dicter leur thématique. Le brechtisme se heurte à la résistance des plus grands. Dès 1956, Eugène Ionesco se moque de Barthes et Dort dans *L'Impromptu de l'Alma* qui paraît dans la *Nouvelle NRF*. L'année suivante, c'est Audiberti qui, dans le même mensuel, s'en prend avec une virulence, inhabituelle chez lui, à Brecht. « Celui-ci avait, écrit-il, la tête de crétin de Bourvil et la vareuse de Staline. » De son théâtre « glacial », dont ne méritent d'être sauvés que *L'Opéra de quat'sous* et l'« exquise et tendre » *Bonne Âme de Sé-Tchouan*, ne se dégage que « de l'amour à l'égard des bottes et des armes et de la lugubre poésie bureaucrate[1] ». À l'écrivain militant, Audiberti oppose un véri-

1. Audiberti, « Écrans en vrac », *La Nouvelle NRF*, mai 1957, p. 950.

table artiste, Max Ophüls. Les ponts sont rompus entre les créateurs et les commissaires politiques. On notera que Jean Paulhan et Jacques Lemarchand font de *La Nouvelle NRF* un môle de résistance à l'entreprise brechtienne.

Dort fait d'Audiberti, Ghelderode et quelques autres modernistes de simples « décorateurs de la scène bourgeoise[1] ». *Le mal court* est passé de la rive gauche à la rive droite. La lutte des classes faisant rage dans l'institution théâtrale, qui choisit de se faire jouer dans un théâtre du IXe arrondissement, se met de ce fait au service de la classe dominante. Si les critiques du *Monde* et du *Figaro* réservent un meilleur accueil à ces auteurs après les avoir d'abord ignorés ou accablés, c'est, bien sûr, parce que la bourgeoisie a découvert tous les bénéfices idéologiques qu'elle pouvait tirer de l'absurde. Pour un marxiste-léniniste, l'argument est irréfutable.

Avec Audiberti, Ionesco, Beckett, Schehadé et quelques autres, ce milieu des années 1950 est un « âge d'or » du théâtre français. Un éditorialiste de *Théâtre populaire* ne craint pourtant pas d'écrire dans la livraison de novembre-décembre 1955 que « le pourrissement du théâtre parisien s'accélère », tandis que Barthes, dans *Arguments*, déplore peu après le « désert du théâtre contemporain[2] ».

La sentence de Dort énonce un interdit politique. Il devient inconcevable que *Le mal court* (et *Les Chaises*, *En attendant Godot*, etc.) puisse être désormais monté par Roger Planchon ou Antoine Vitez. Le TNP et l'espace du théâtre « populaire », de plus en plus soumis à l'influence des brechtiens, restent fermés au théâtre d'Audiberti. Celui-ci en prend son parti. Ce qui lui importe c'est d'être joué (ou publié) et peu importe où.

Le mal court pourtant rencontre un immense succès, la pièce se joue longtemps à guichets fermés et atteindra presque la millième.

En 1961, André Reybaz la reprend à Tourcoing, à la Comédie du Nord, où il s'est installé. Devenue l'œuvre fétiche d'Audiberti, elle reçoit les honneurs de la télévision. À cette occasion, la maintenant quadragénaire Suzanne Flon, qui entre-temps a été la Catherine de *La Mégère apprivoisée*, joue une dernière fois le rôle d'Alarica. Autour d'elle Alain Boudet a réuni une distribution prestigieuse : Michel Auclair est Monsieur F, Philippe Noiret le roi

1. Bernard Dort, *Théâtre public*, Le Seuil, 1967, p. 244.
2. *Op. cit.*, p. 84.

Parfait, Michel de Ré le cardinal de la Rosette, Lucien Baroux le roi Célestincic. Aline Bertrand enfin retrouve le personnage de Madame Toulouse.

La carrière d'Audiberti est relancée. Entre 1955 et 1960, plusieurs de ses pièces sont jouées dans des salles aussi huppées que l'Athénée, le Vieux-Colombier et l'Œuvre. *L'Effet Glapion* connaît un immense succès en 1959. Pourtant son auteur, qui a laissé passer le train de l'antithéâtre, a du mal à s'adapter aux publics de la rive droite. Ses trois nouvelles pièces jouées en 1962 montrent qu'il peine à se renouveler. Les habitués de la Comédie-Française chahutent *La Fourmi dans le corps*; le relatif succès de *Pomme, Pomme, Pomme* est dû aux acteurs; enfin *La Brigitta* sombre sans gloire. C'est au *Mal court* qu'il demande, à nouveau, de redorer son blason.

Lors de la reprise de 1963, toujours au théâtre La Bruyère, R. J. Chauffard joue cette fois le rôle de Célestincic, Aline Bertrand retrouve celui de Toulouse. Paul Crauchet est le maréchal et Jean Bolo le cardinal. La surprise vient de ce que Georges Vitaly a attribué le rôle d'Alarica à la presque quadragénaire Silvia Monfort. Gilles Sandier, dans *Arts*, souligne fort bien l'infléchissement apporté à la pièce. « L'Alarica de Suzanne Flon était un petit animal vierge et vif, et tendre, qui découvrait, étonnée, révoltée, la méchanceté du monde. L'Alarica de Silvia Monfort, d'une virginité dès le début moins limpide et ressentie en tout cas comme un fardeau pesant, fait l'expérience attendue, prévue, d'une méchanceté dont elle n'était pas ignorante et à laquelle elle était préparée. » Au premier acte, il y a manifestement distorsion entre l'actrice et son texte. Par la suite, quand la femme-enfant se change en une impérieuse Amazone, la comédienne impose avec autorité une interprétation originale du personnage. « *Le mal court*, écrit encore Gilles Sandier, n'a pas une ride. » La pièce, de toute évidence, vieillit bien, elle a atteint le statut de classique. On s'apprête à la jouer à Genève puis à Bruxelles. Les Tréteaux de France font tourner en province une version du spectacle parisien en 1966 et 1967 avec Silvia Monfort comme vedette, Jean Danet jouant le rôle de F.

En cette année 1963, pourtant, l'événement audibertien se joue ailleurs. Marcel Maréchal, alors âgé de vingt-cinq ans, crée, à Lyon, ce *Cavalier seul* devant lequel avaient reculé et Jean Vilar et Jean-

Louis Barrault. La pièce, reprise à Paris, connaît un grand succès. Audiberti est ébloui. Il a trouvé son fils prodige. Pour nombre de ses admirateurs, dont Gilles Sandier, *Le mal court* cesse d'être la pièce fétiche. Maréchal, qui très vite s'impose comme un des grands metteurs en scène de sa génération, a construit sa légitimité à distance du brechtisme. C'est un esprit indépendant peu porté sur les questions de doctrine. Grâce à lui, Audiberti devient acceptable aux yeux des progressistes les moins dogmatiques. Au fil des années, *L'Opéra du monde*, *Cœur à cuir(e)*, *La Poupée* et encore *Le Cavalier seul*, quelque peu gauchis, font leur entrée dans plusieurs temples du théâtre populaire, tandis que ses autres pièces, dont *Le mal court*, soit sont jouées dans des salles privées, soit font le bonheur de troupes amateurs ou semi-professionnelles.

1980 est « l'année Audiberti ». Signe des temps, c'est Marcel Maréchal qui en est la cheville ouvrière avec une reprise controversée d'*Opéra parlé*, qu'il conduit de Marseille à Aubervilliers. Georges Vitaly n'ayant plus de théâtre, il revient à Jean-Louis Thamin de reprendre *Le mal court* à Nice en avril de la même année. Patrice Cauchetier a dessiné de jolis décors rococo. Monique Brun est Alarica, Tsilla Chelton tient le rôle de la gouvernante. Colette Godard, dans *Le Monde*, reproche à Thamin d'avoir émondé la fantaisie d'Audiberti, d'avoir privé la pièce de son rythme et d'avoir transformé les personnages masculins en sordides bourgeois de Labiche. Sept ans après, le même metteur en scène reprend la pièce au Centre dramatique national de Bordeaux-Aquitaine. Monique Brun garde le rôle. Gérard Caillaud est un savoureux cardinal et Isabelle Ehni une cocasse gouvernante.

Georges Vitaly monte une dernière fois la pièce en 1982 dans le minuscule théâtre du Tourtour. La dureté des temps l'oblige à un retour aux sources. L'étroitesse du plateau lui impose de sévères contraintes. Monique Delaroche joue le rôle de la gouvernante, Emmanuel Dechartre Monsieur F... et Jean-Claude Arnaud le cardinal. Vitaly s'attribue le rôle de Célestincic. L'actrice à qui il l'avait confié, ayant déclaré forfait *in extremis*, celui d'Alarica échoit, pour la première fois, à une comédienne qui en a l'âge. Pauline Macia est, écrit Guy Dumur dans *Le Nouvel Observateur*, « fraîche, intelligente, royale, comme il se doit ». Le spectacle tourne ensuite dans diverses salles de province.

La dernière reprise parisienne date de 1993. Pierre Franck, directeur du théâtre de l'Atelier, assure la mise en scène. Le plateau est plus large que celui du théâtre La Bruyère. Le spectacle est sage, classique, comme le sont les décors et les costumes de Jacques Noël, qui avait exécuté ceux de *La Hobereaute* en 1958. L'ensemble manque quelque peu de rythme. *Le mal court* est devenu l'adagio d'Audiberti. Mais les acteurs font entendre fort bien le texte. La jeune Isabelle Carré joue, écrit Michel Cournot, une Alarica « délurée ». Le reste de la troupe est constitué d'acteurs chevronnés. Odette Laure, « toujours fine mouche », est « une fliquette-aubergine du roi de Montrouge travestie en gouvernante de princesse », Bruno Wolkovitch « un faux roi très joli cœur, loubard juste ce qu'il faut » ; Henri Labussière est le roi Célestincic. Enfin Robert Rimbaud fait un numéro éblouissant en « maréchal de la cour dingo, façon grand seigneur gaga fofolle ». Le critique du *Monde* ne cache pas son plaisir : « Une pièce bête comme chou, simple comme bonjour, à mourir de rire, la plaisanterie d'un grand poète, d'un grand esprit qui bâcle une farce de rien du tout. » Le spectacle tiendra un peu plus de trois mois.

Ajoutons, pour finir, que *Le mal court* est la pièce d'Audiberti qui a le plus voyagé. On l'a jouée, traduite ou dans l'original, en Suisse, en Belgique, aux États-Unis, en Allemagne et, récemment encore, en Tchécoslovaquie, en Hongrie et au Portugal.

BIBLIOGRAPHIE

1. ÉDITIONS DU *MAL COURT*

Le Magasin du spectacle, n° 4, août 1946, p. 5-65.
Théâtre I, Gallimard, coll. Blanche, 1948, p. 129-198.
L'Avant-scène Théâtre, n° 137, s. d. (1956), p. 5-25.
Suivi de *L'Effet Glapion*, Le Livre de poche, 1962, p. 5-101.

La pièce a été, dans les années 1960 et 1970, traduite en allemand, en turc, en japonais et en hongrois.

2. OUVRAGES CRITIQUES

BOUILLIER Henry (sous la direction de), *Audiberti cavalier seul*, Bibliothèque nationale, 1990.

COTTENET-HAGE Madeleine, *Le Mythe de la femme dans le théâtre d'Audiberti*, Université de Nancy II, thèse de troisième cycle, 1974.

FARCY Gérard-Denis, *Les Théâtres d'Audiberti*, PUF, coll. Littératures modernes, 1988.

GENO Thomas H., *Le Problème du mal dans le théâtre d'Audiberti*, Université de Nice, thèse de troisième cycle, 1971.

GIROUD Michel, *Audiberti*, Éditions universitaires, coll. Classiques du XXe siècle, 1967.

GIROUD Michel, *Audiberti*, Seghers, coll. Poètes d'aujourd'hui, 1973.

GUÉRIN Jeanyves, *Le Théâtre d'Audiberti et le Baroque*, Klincksieck, coll. Théâtre d'aujourd'hui, 1976.

GUÉRIN Jeanyves (sous la direction de), *Audiberti le trouble-fête*, Jean-Michel Place, coll. Œuvres et critiques, 1979.

KOREN Roselyne, *L'Antirécit. Les procédés de style dans l'œuvre romanesque de Jacques Audiberti*, Slatkine, 1983.

ROUBINE Jean-Jacques, *Mythologie d'Audiberti*, Université de Paris-Sorbonne, thèse d'Etat, 1976.

TOLOUDIS Constantin, *Audiberti*, Boston, Twayne, 1980.

3. ÉTUDES SUR LE THÉÂTRE D'AUDIBERTI

DUMUR Guy, « Audiberti ou le théâtre en liberté », *Théâtre populaire*, septembre-octobre 1958, p. 153-166.

FRIPPIAT Yves-Marie, « Le pouvoir dans le théâtre d'Audiberti », *Les Lettres romanes*, XXVII, 1973, p. 248-298.

GUÉRIN Jeanyves, « Audiberti et le théâtre des autres », *Sud*, n° 40, 1980, p. 37-45.

GUÉRIN Jeanyves, « Le retour d'un dramaturge », *Approches Répertoire*, n° Audiberti, 1980, p. 32-38.

GUÉRIN Jeanyves, « La philologie mène au rire », *Travaux de linguistique et de littérature*, XIX, 2, 1981, p. 219-232.

GUÉRIN Jeanyves, « Bibliographie des œuvres d'Audiberti », *L'Ouvre-boîte*, n° 18, décembre 1994, p. 42-69.

SANDIER Gilles, *Théâtre et combat*, Stock, 1970, p. 32-44.

VITALY Georges, *En toute vitalyté : cinquante ans de théâtre*, Nizet, 1995, p. 41-47.

4. ÉTUDES SUR *LE MAL COURT*

BOUNEAU Sandra, « Le mal court, le roi boîte », *L'Ouvre-boîte*, février 1996, p. 27-42.

COTTENET-HAGE Madeleine, « Révolte de la fille dans le théâtre d'Audiberti », *Audiberti le trouble-fête*, *op. cit.*, p. 109-118.

VERNOIS Paul, « Dramaturgie et stylistique théâtrale dans *Le mal court* d'Audiberti », *Audiberti le trouble-fête*, *op. cit.*, p. 139-152.

VERNOIS Paul, « *Le mal court*, relais brillant entre la fantaisie et l'insolite », *Europe*, avril 1986, p. 63-74.

5. RECENSIONS DES REPRÉSENTATIONS DU *MAL COURT*

ABIRACHED Robert, « Le mal court », *Études*, octobre 1956, p. 114-116.

AMBRIÈRE Francis, *La Galerie dramatique*, Corréa, 1949, p. 201-204.

CAPRON Marcelle, « Le mal court », *Combat*, 17-18 décembre 1955.

COURNOT Michel, « La vertu du dentiste », *Le Monde*, 18 septembre 1993.

DUMUR Guy, « Le mal court », *Théâtre populaire*, 1er mars 1956, p. 63-71.

DUMUR Guy, « La princesse aux seins nus », *Le Nouvel Observateur*, 6 novembre 1982.

GAUTIER Jean-Jacques, « *Le mal court* », *Le Figaro*, 13 juin 1947.

GODARD Colette, « *Le mal court* à Nice », *Le Monde*, 9 avril 1980.

GUÉRIN Jeanyves, « Le mal court », *La Nouvelle Revue Française*, 1er décembre 1982, p. 120-122.

KEMP Robert, *La Vie du théâtre*, Albin Michel, 1956, p. 295-307.

LEMARCHAND Jacques, « *Le mal court* au théâtre de Poche », *Combat*, 15-16 juin 1947.

LEMARCHAND Jacques, « Audiberti et *Le mal court* », *La Nouvelle NRF*, 1er février 1956, p. 886-890.

LERMINIER Georges, « Georges Vitaly reprend *Le mal court* de Jacques Audiberti », *Le Parisien libéré*, 17 juin 1955.

MAMBRINO Jean, « Carnet de théâtre », *Études*, novembre-décembre 1993, p. 665-666.

MARCEL Gabriel, « Le mal court », *Les Nouvelles littéraires*, 26 juin 1947.

MAULNIER Thierry, « *Le mal court* », *Le Spectateur*, 1er juillet 1947.

PARTURIER Françoise, « *Le mal court* d'Audiberti », *L'Époque*, 23 juillet 1947.

ROY Jean H., « *Le mal court* par Audiberti », *Les Temps modernes*, octobre 1947, p. 763-765.

TARDIEU Jean, « Un nouveau langage au théâtre », *Action*, 20 juin 1947.

TESSON Philippe, « Le mal court (la fête) », *Le Canard enchaîné*, 20 octobre 1982.

6. OUVRAGES GÉNÉRAUX

ABIRACHED Robert, *La Crise du personnage dans le théâtre moderne* (1978), Gallimard, coll. Tel, 1994.

CORVIN Michel, *Le Théâtre nouveau en France*, PUF, Que sais-je ?, 1976.

LARTHOMAS Pierre, *Le Langage dramatique*, Armand Colin, 1990.

SERREAU Geneviève, *Histoire du « Nouveau Théâtre »*, Gallimard, coll. Idées, 1966.

NOTES

Page 33

1. En ce qui concerne la liste des personnages, et contrairement à la suite du texte dont nous reproduisons la version de 1948 *(Théâtre I)*, nous adoptons ici la présentation de la version de 1946 *(Magasin du spectacle)* que nous jugeons préférable.

2. « Audiberti croit dans le pouvoir suggestif des noms propres », (Roselyne Koren, *L'Antirécit. Les procédés de style dans l'œuvre romanesque de Jacques Audiberti.* Slatkine, 1983, p. 46). Alarica rappelle au féminin le nom d'un roi wisigoth qui ravagea l'occident romain. Dans le premier jet, elle s'appelait Antila, déformation évidente d'Attila. La correction vite trouvée autorise un jeu de paronymie avec Caligula.

3. F... garde ce nom dans les didascalies. Au fil des dialogues, il en reçoit plusieurs autres : Parfait, le marquis du Baton de la Dorneraie, Fernand ou Firmin et enfin Roger La Vaque.

4. Célestincic (ou Célestin VI). Le nom rappelle celui de Stanislas Leczinski, qui apparaît furtivement dans *Ubu roi.* (Il y est... un paysan.) Après coup (*Dimanche m'attend*, p. 193), Audiberti prétend l'avoir forgé à partir de celui du directeur d'une galerie où il venait d'exposer des gouaches : Augustincic.

Page 35

1. Frédéric-Auguste II (1696-1763) est électeur de Saxe au moment où est censée se passer la pièce. Il fut élu roi de Pologne sous le nom d'Auguste III en 1733.

2. L'Occident s'est d'abord appelé le Parisis, puis la Firmamanie.

3. La Courtelande s'est d'abord appelée la Civelande ou Livelande. Il existe au XVIIIe siècle un petit duché de Courlande, vassal de la Pologne, dont le territoire correspond au Sud de l'actuelle Lettonie.

4. Dans le premier jet, Audiberti nommait la gouvernante Gertrude. Il a ensuite transféré ce prénom à un personnage brièvement évoqué par le maréchal (p. 47).

5. Avec leurs multiples effets de rythme et de nombre, ces premières répliques donnent, pour ainsi dire, le *la* de la pièce.

Page 36

1. Audiberti aime agrémenter ses proses de jeux phonétiques tels que celui-ci. On peut y voir une technique de poétisation.

Page 37

1. Audiberti a hésité sur la date. Le premier jet porte 1732, le manuscrit propre 1763.

2. La gouvernante, telle la confidente des pièces classiques, donne des informations fabulaires au spectateur. On est dans la phase de l'exposition.

Page 40

1. Les Burgondes sont les ancêtres des Bourguignons et les Vascons ceux des Basques.

Page 42

1. Sistrebourg : plaisante déformation de Strasbourg devenue la ville des sistres.

Page 43

1. Détournement de proverbe dont Audiberti est coutumier.

Page 45

1. Le passage du vouvoiement au tutoiement est l'indice d'une complicité qui ne sera révélée à la princesse (et au spectateur) qu'au troisième acte.

Page 47

1. Louvain et Dinant sont deux villes de Belgique.

2. Dans le premier jet, on pouvait lire « Bouffette ou Jean-

nette ». Audiberti leur a substitué deux prénoms marqués comme scandinaves et germaniques.

3. Le maréchal place son discours sur un registre élevé — phrases amples, passé simple, tournures vieillies — mais les marques interrogatives de doute cassent sa rhétorique et surtout la formule « une vraie salope » dissone. On a là un échantillon représentatif de l'écriture dramatique audibertienne.

4. Magdebourg se trouve en Saxe.

Page 49

1. Le cardinal de la Rosette fait penser au cardinal de Fleury, ministre d'État sous Louis XV. La rosette est aussi un saucisson fabriqué à Lyon.

Page 51

1. Les deux manuscrits portent une variante : « J'ai soleil. Soleil. Sommeil. »

2. On a là un pastiche ironique du lyrisme baroque.

Page 52

1. « Huit cent cinquante mille habitants », dans le manuscrit.

2. Une des métaphores culinaires chères à Audiberti.

Page 53

1. L'héroïne du roman *Monorail* (écrit dans les années 1930, publié en 1946) s'appelle aussi Hermine.

2. Pompelane : mot valise formé à partir des noms de la Pompadour, favorite de Louis XV, et de Castellane, un maréchal de France. Le personnage principal de *Talent*, roman publié en 1947, vit à l'hôtel Pompelane.

3. Tous ces noms figurent dans le premier jet.

Page 54

1. Dans le premier jet, Audiberti précisait : « à la chapelle Sainte-Mathilde ». Le détail lui a semblé, à juste titre, inutile.

2. Montrouge apparaît dans le manuscrit propre.

Page 58

1. On soulignera le plaisant contraste entre les rhétoriques des trois personnages. Le cardinal s'exprime dans un plaisant chara-

bia. Mais il oriente la conversation, en choisit les sujets et y impose très vite un rapport de force.

Page 62

1. L'alliance avec l'Espagne était une donnée essentielle de la politique suivie par le cardinal de Fleury.

Page 63

1. Audiberti insère volontiers des textes de poésie populaire ou de chanson dans ses romans et dans ses pièces. Cette complainte en sabir pseudo-slave, qui apparaît sous cette forme dès le premier jet, rappelle son goût pour les langues étrangères, les jargons, les dialectes et patois.

Page 64

1. Ce mot de pseudo-slave a été ajouté *in extremis* (c'est-à-dire qu'il ne figurait pas encore sur la version publiée dans le *Magasin du spectacle*).

Page 65

1. Dans la bouche d'un cardinal, la formule est particulièrement cocasse.

Page 66

1. Le radoub est la réparation de la coque d'un navire. Le mot est utilisé plusieurs fois (voir p. 73-77) pour ses sonorités.
2. Un tendron est, en français classique, une très jeune fille qu'on marie à un homme d'âge. Aujourd'hui c'est un morceau de viande. Audiberti, en jouant sur les deux sens, souligne la vulgarité du cardinal.

Page 67

1. Stettin (aujourd'hui Szczecin, port polonais) est la ville natale de Catherine II (1729-1796).

Page 69

1. Vergogne : honte (mot vieilli).

Page 72

1. Son souverain et élève semblant s'émanciper, le cardinal se

met à parler comme Bossuet. La fin de la réplique casse, de façon presque brechtienne, son argument.

2. La géographie audibertienne est des plus fantaisistes.

3. Déverbal du verbe narguer utilisé de façon interjective pour exprimer le dédain. On l'utilise généralement avec la préposition de. Audiberti utilise la proposition à de façon néologique. Le *Trésor de la Langue Française* (Gallimard) cite d'ailleurs cette formule du *Mal court.*

4. Le suffixe -ka a une consonance slave.

5. Elisabeth Petrovna fut impératrice de Russie de 1741 à 1762.

Page 73

1. Catherine II est en effet née Sophie von Anhalt-Zerbst. Elle épousera le futur tsar Pierre III en 1745.

2. Dantzig s'appelle aujourd'hui Gdansk. Objet d'un conflit entre la Pologne et l'Allemagne, la ville fut à l'origine de la Seconde Guerre mondiale. Aucun congrès ne s'y est tenu.

Page 74

1. Le cardinal abandonne ce qu'on appellerait aujourd'hui la langue de bois.

Page 75

1. Antilopa : le lapsus du cardinal, si c'en est un, est méprisant. Il garde la trace du premier nom qu'avait reçu la princesse. Audiberti en profite peut-être pour profiler, derrière le gracieux herbivore, ... Antigone.

Page 76

1. Dans le manuscrit, Audiberti a écrit : « folle ».

2. Le mot est pris ici dans son sens le plus ancien : pauvre, piètre.

3. L'indication est fantaisiste. La christianisation de la Pologne et de la Russie est antérieure au XIIe siècle. Audiberti, une nouvelle fois, met à distance un référent qui lui importe peu.

Page 78

1. Tsaritsa : néologisme audibertien pour tsarine.

Page 79

1. Baisé : le mot est à prendre dans son sens le plus ancien de malheureux et dans son sens plus récent de grossier.

Page 80

1. Jeu de mots : la lande est une terre déshéritée, le land un pays en allemand.
2. Saute : le roi ici s'exprime avec le même cynisme que son maître le cardinal. Il se contredit à quelques minutes d'intervalle. N'avait-il pas assuré que : « C'est respectable, une frontière » (p. 72) ?
3. Alarica, à son tour, donne au roi une leçon de géopolitique.

Page 81

1. La formule est digne de Monsieur Joseph Prudhomme. Cf. « Ce sabre est le plus beau jour de ma vie. »
2. Le bouleau abonde dans la Russie du nord. Audiberti, associant Alarica et la Courtelande aux bouleaux, à la broussaille, etc., esquisse un décor verbal.

Page 82

1. Audiberti a d'abord écrit « homme d'Église ».

Page 83

1. Reprise en mineur d'une formule plaisante. Cf. p. 65.
2. La gargoulette est un vase poreux où les liquides se refroidissent par évaporation. Audiberti aime ce mot qu'il utilise dans plusieurs autres pièces.

Page 84

1. La version publiée dans *Le Magasin du spectacle* propose une fin de l'acte différente :

ALARICA : Vous n'avez qu'à vous regarder dans ce miroir. C'est le mien, qui ne ment jamais.

Le roi se regarde dans le miroir d'Alarica. Il s'affaisse, crispé, bavant, le tricorne sur l'œil, dans un fauteuil.

LE CARDINAL : C'est épouvantable. Il coule, il sombre dans les femmes.

LE MARÉCHAL : Les femmes sortent de partout. Il a l'air d'avoir la vérole.

ALARICA, *cachant son miroir*: Maintenant, allez-vous en !

LE CARDINAL : C'est ça, partons vite.

Le roi et le Cardinal sortent. Alarica s'assied.

ALARICA : Pourvu qu'il souffre.

LE MARÉCHAL : Vous souhaitez qu'il souffre pour qu'il ne souffre pas. N'est-ce pas ? Vous pensez que vous perdre lui sera moins cruel s'il vous prend pour une traînée...

ALARICA : J'ai peur de n'avoir pas su. Je suis brisée.

LE MARÉCHAL : Rassurez-vous... Il y aura toujours du vinaigre dans la salade.

Cette première version ne satisfaisant pas Georges Vitaly, Audiberti a accepté de la réécrire.

Page 86

1. Joannine, dans *Pucelle*, présente les mêmes traits androgynes. Voir sur ce point la thèse de Madeleine Cottenet-Hage signalée dans la bibliographie.

Page 87

1. Alarica, dans le manuscrit, l'interrompt par une confidence : « Au fond je préfère qu'il ne m'ait pas crue. »
2. Cf. *supra* : « Je serai une épouse droite, une reine limpide. »

Page 88

1. Abécédé : néologisme audibertien cité dans le *Trésor de la Langue Française*. L'ABC c'est le rudiment.

Page 89

1. Audiberti, en substituant « barque » à « bateau », renouvelle une formule usée.

Page 90

1. La remarque « À propos... jeter Fernand » a été insérée *in extremis*.

Page 91

1. On lit « arrangées » dans le manuscrit.
2. « Vous ne m'aimiez pas » ne figure pas dans le manuscrit.

Page 92

1. La pimprenelle est une plante à fleurs rouges qui sert à assaisonner les salades. L'appellatif est donc en situation.

Page 93

1. Le manuscrit comporte ici de nombreuses ratures. Audiberti a donc hésité avant de donner sa version définitive à la chanson.
2. Les Boulgres (ou bougres) sont les Bulgares d'aujourd'hui et les Valaques sont les Roumains.

Page 95

1. Terme argotique. Le condé est un moyen sûr (mais pas forcément moral ou légal) d'obtenir un résultat et, par extension, un travail. Le *TLF* appuie cette dernière acception sur une citation de Céline.
2. Tout ce qui suit la didascalie ne figure pas dans les versions manuscrites.

Page 96

1. On notera l'écriture lapidaire de la didascalie.
2. Le manuscrit présente une variante plus agressive et... moins poétique : « Vous ne m'apprenez rien. Vous n'êtes parti de là-bas qu'un jour après moi. »

Page 97

1. Mozart, né en 1756, a donc six ans (puisque l'action se passe en 1762), mais on sait qu'il a composé ses premières œuvres à l'âge de 5 ans...

Page 98

1. Audiberti, dans *L'Effet Glapion* (Livre de Poche, p. 193), appelle ce phénomène une « éruption polyglotte ». Le passage, ainsi que la réplique suivante, ne figurent pas dans la version manuscrite.

Page 100

1. Corbleu : juron du XVIe siècle. Déformation de « corps de Dieu ».
2. À la parfin : archaïque pour enfin. Rostand utilise cette locution dans *Cyrano de Bergerac*.

3. Cette référence, comme celle de la page suivante, à la vieille chanson « Il court, il court, le furet » ne figure pas dans la version manuscrite.

Page 102

1. La fin de la réplique a été ajoutée *in extremis.*
2. Ces deux répliques ne figurent pas sur le manuscrit.

Page 103

1. Archaïsme : vagabond, propre à rien.
2. Variante manuscrite : « Je te parfume. »

Page 104

1. Néologisme formé par dérivation suffixale. La version manuscrite porte une formule banale « pauvre homme ».
2. Autre néologisme préparé par la didascalie de la p. 96. Il équivaut à égrotant.

Page 105

1. « Que vais-je devenir ? » demandait Parfait (p. 84). Les deux rois humiliés par Alarica ont la même réaction angoissée. Celle du fiancé occidentiste s'exprime sur un niveau plus élevé que celle du père courtelandais.
2. Audiberti a rajouté le fragment *in extremis* : « Quand elle avait mangé sa soupe, elle retournait l'assiette. Elle lui donnait un baiser. Ma petite fille... ma petite. »
3. Audiberti a rayé cette phrase finale sur le manuscrit propre puis l'a restituée dans la version imprimée.

RÉSUMÉ

ACTE I

La princesse Alarica de Courtelande n'arrive pas à trouver le sommeil dans l'auberge où, accompagnée de sa gouvernante Toulouse, elle passe la nuit. C'est qu'elle doit, dans quelques heures, faire la connaissance de son fiancé, Parfait XVII le roi d'Occident, dont elle ne connaît qu'un portrait. Quelqu'un frappe à la porte, qui s'annonce comme le roi. Est-ce lui ? Après hésitation, on lui ouvre. Entre un jeune et fringant seigneur au verbe éloquent et lyrique. Au moment où il embrasse la princesse avec effusion, la gouvernante, comme saisie d'un doute, appelle à l'aide. Le bel inconnu avoue qu'il n'est pas le roi puis se rétracte. Craignant d'être démasqué par le ministre que le bruit a réveillé, il saute par la fenêtre. Un lieutenant tire sur lui. On le ramène évanoui et on l'installe dans la chambre de la princesse dans le cœur de laquelle il a, un instant, pris la place de son promis. À nouveau quelqu'un frappe à la porte en criant : « C'est le roi. »

ACTE II

C'est cette fois le véritable Parfait, accompagné de son ministre le cardinal de la Rosette. Le discours du royal fiancé apparaît maladroit et embarrassé. Le ministre, qui mène la conversation, brocarde la Courtelande et cherche manifestement l'incident. Il apparaît très vite que le mariage n'a été qu'une opération politique tramée par lui afin de faire pression sur l'Espagne. Il n'a jamais été question que le roi d'Occident épouse une sauvageonne. Quand, à court d'arguments, il insinue qu'Alarica aurait des défauts physiques, la princesse, révoltée, se met à danser nue afin que les dignitaires puissent constater *de visu* la perfection de sa plastique. Puis, calmée, elle analyse le rapport des forces et en conclut que son mariage n'était qu'un « songe ». Les ministres vont alors déguster le cervelas du maréchal. Parfait, resté seul avec elle, lui confesse son amour. Il est prêt à l'épouser contre l'avis du cardinal. Alarica, dans un premier temps, recueille sa déclaration puis elle lui annonce tout de go qu'il devra partager ses faveurs avec son « trousseur » et elle lui présente l'inconnu qui se reposait derrière un paravent. De ce mariage décidément elle ne veut plus. Et elle renvoie brutalement le grand roi en Occident.

Acte III

Alarica et ledit trousseur viennent de passer la nuit ensemble. Son premier amant révèle à la princesse ébahie qu'il s'appelle Roger La Vaque, qu'il travaille dans la police, qu'il l'a séduite sur ordre, que son carrosse avait été saboté et que sa fidèle gouvernante était une espionne. Non seulement ses rêves sont brisés, mais tout son monde s'effondre. Les deux agents occidentistes, maintenant démasqués, se disputent quand survient, appuyé sur sa béquille, le roitelet de Courtelande. Le brave Célestincic, que le maréchal vient d'informer de toute l'histoire, se dispose à consoler sa fille chérie : elle épousera quelque autre souverain et le dédommagement de trois cent mille florins consenti par le cardinal de la Rosette arrive à point. Alarica, qui vient de mûrir en quelques heures, ne l'entend pas ainsi. Sans ménagement, elle détrône son père chéri, s'assure le ralliement du maréchal et du lieutenant, programme une ambitieuse politique de réformes et de grands travaux et de son suborneur, qui la lui a soufflée, fait son favori. Un grand règne s'annonce.

COLLECTION FOLIO THÉÂTRE

1. Pierre CORNEILLE : *Le Cid.* Édition présentée et établie par Jean Serroy.
2. Jules ROMAINS : *Knock.* Édition présentée et établie par Annie Angremy.
3. MOLIÈRE : *L'Avare.* Édition présentée et établie par Jacques Chupeau.
4. Eugène IONESCO : *La Cantatrice chauve.* Édition présentée et établie par Emmanuel Jacquart.
5. Nathalie SARRAUTE : *Le Silence.* Édition présentée et établie par Arnaud Rykner.
6. Albert CAMUS : *Caligula.* Édition présentée et établie par Pierre-Louis Rey.
7. Paul CLAUDEL : *L'Annonce faite à Marie.* Édition présentée et établie par Michel Autrand.
8. William SHAKESPEARE : *La Tragédie du Roi Lear.* Édition de Gisèle Venet. Traduction de Jean-Michel Déprats.
9. MARIVAUX : *Le Jeu de l'amour et du hasard.* Préface de Catherine Naugrette-Christophe. Édition de Jean-Paul Sermain.
10. Pierre CORNEILLE : *Cinna.* Édition présentée et établie par Georges Forestier.
11. Eugène IONESCO : *La Leçon.* Édition présentée et établie par Emmanuel Jacquart.
12. Alfred de MUSSET : *On ne badine pas avec l'amour.* Édition présentée et établie par Simon Jeune.
13. Jean RACINE : *Andromaque.* Préface de Raymond Picard. Édition de Jean-Pierre Collinet.
14. Jean COCTEAU : *Les Parents terribles.* Édition présentée et établie par Jean Touzot.
15. Jean RACINE : *Bérénice.* Édition présentée et établie par Richard Parish.
16. Pierre CORNEILLE : *Horace.* Édition présentée et établie par Jean-Pierre Chauveau.
17. Paul CLAUDEL : *Partage de Midi.* Édition présentée et établie par Gérald Antoine.

18. Albert CAMUS : *Le Malentendu.* Édition présentée et établie par Pierre-Louis Rey.

19. William SHAKESPEARE : *Jules César.* Préface et traduction d'Yves Bonnefoy.

20. Victor HUGO : *Hernani.* Édition présentée et établie par Yves Gohin.

21. Ivan TOURGUÉNIEV : *Un mois à la campagne.* Édition de Françoise Flamant. Traduction de Denis Roche.

22. Eugène LABICHE : *Brûlons Voltaire !* précédé de *Un monsieur qui a brûlé une dame, La Dame aux jambes d'azur, L'Amour, un fort volume, 3 F 50 C, La Main leste, Le Cachemire X. B. T.* Édition présentée et établie par Olivier Barrot et Raymond Chirat.

23. Jean RACINE : *Phèdre.* Édition présentée et établie par Christian Delmas et Georges Forestier.

24. Jean RACINE : *Bajazet.* Édition présentée et établie par Christian Delmas.

25. Jean RACINE : *Britannicus.* Édition présentée et établie par Georges Forestier.

26. GOETHE : *Faust.* Préface de Claude David. Traduction nouvelle de Jean Amsler. Notes de Pierre Grappin.

27. William SHAKESPEARE : *Tout est bien qui finit bien.* Édition de Gisèle Venet. Traduction nouvelle de Jean-Michel Déprats et Jean-Pierre Vincent.

28. MOLIÈRE : *Le Misanthrope.* Édition présentée et établie par Jacques Chupeau.

29. BEAUMARCHAIS : *Le Barbier de Séville.* Édition présentée et établie par Françoise Bagot et Michel Kail.

30. BEAUMARCHAIS : *Le Mariage de Figaro.* Édition présentée et établie par Françoise Bagot et Michel Kail.

31. Richard WAGNER : *Tristan et Isolde.* Préface de Pierre Boulez. Traduction nouvelle et édition d'André Miquel.

32. Eugène IONESCO : *Les Chaises.* Édition présentée et établie par Michel Lioure.

33. William SHAKESPEARE : *Le Conte d'hiver.* Préface et traduction d'Yves Bonnefoy.

34. Pierre CORNEILLE : *Polyeucte.* Édition présentée et établie par Patrick Dandrey.

35. CALDERON : *La vie est un songe.* Traduction nouvelle et notes de Lucien Dupuis. Préface et dossier de Marc Vitse.

COLLECTION FOLIO

Dernières parutions

2615.	Tonino Benacquista	*La commedia des ratés.*
2616.	Tonino Benacquista	*Trois carrés rouges sur fond noir.*
2617.	Rachid Boudjedra	*FIS de la haine.*
2618.	Jean d'Ormesson	*La gloire de l'Empire.*
2619.	Léon Tolstoï	*Résurrection.*
2620.	Ingmar Bergman	*Cris et chuchotements* suivi de *Persona* et de *Le lien.*
2621.	Ingmar Bergman	*Les meilleures intentions.*
2622.	Nina Bouraoui	*Poing mort.*
2623.	Marguerite Duras	*La Vie matérielle.*
2624.	René Frégni	*Les nuits d'Alice.*
2625.	Pierre Gamarra	*Le maître d'école.*
2626.	Joseph Hansen	*Les ravages de la nuit.*
2627.	Félicien Marceau	*Les belles natures.*
2628.	Patrick Modiano	*Un cirque passe.*
2629.	Raymond Queneau	*Le vol d'Icare.*
2630.	Voltaire	*Dictionnaire philosophique.*
2631.	William Makepeace Thackeray	*La Foire aux Vanités.*
2632.	Julian Barnes	*Love, etc.*
2633.	Lisa Bresner	*Le sculpteur de femmes.*
2634.	Patrick Chamoiseau	*Texaco.*
2635.	Didier Daeninckx	*Play-back.*
2636.	René Fallet	*L'amour baroque.*
2637.	Paula Jacques	*Deborah et les anges dissipés.*
2638.	Charles Juliet	*L'inattendu.*
2639.	Michel Mohrt	*On liquide et on s'en va.*
2640.	Marie Nimier	*L'hypnotisme à la portée de tous.*

2641.	Henri Pourrat	*Bons, pauvres et mauvais diables.*
2642.	Jacques Syreigeol	*Miracle en Vendée.*
2643.	Virginia Woolf	*Mrs Dalloway.*
2645.	Jerome Charyn	*Elseneur.*
2646.	Sylvie Doizelet	*Chercher sa demeure.*
2647.	Hervé Guibert	*L'homme au chapeau rouge.*
2648.	Knut Hamsun	*Benoni.*
2649.	Knut Hamsun	*La dernière joie.*
2650.	Hermann Hesse	*Gertrude.*
2651.	William Hjortsberg	*Le sabbat dans Central Park.*
2652.	Alexandre Jardin	*Le Petit Sauvage.*
2653.	Philip Roth	*Patrimoine.*
2655.	Fédor Dostoïevski	*Les Frères Karamazov.*
2656.	Fédor Dostoïevski	*L'Idiot.*
2657.	Lewis Carroll	*Alice au pays des merveilles. De l'autre côté du miroir.*
2658.	Marcel Proust	*Le Côté de Guermantes.*
2659.	Honoré de Balzac	*Le Colonel Chabert.*
2660.	Léon Tolstoï	*Anna Karénine.*
2661.	Fédor Dostoïevski	*Crime et châtiment.*
2662.	Philippe Le Guillou	*La rumeur du soleil.*
2663.	Sempé-Goscinny	*Le petit Nicolas et les copains.*
2664.	Sempé-Goscinny	*Les vacances du petit Nicolas.*
2665.	Sempé-Goscinny	*Les récrés du petit Nicolas.*
2666.	Sempé-Goscinny	*Le petit Nicolas a des ennuis.*
2667.	Emmanuèle Bernheim	*Un couple.*
2668.	Richard Bohringer	*Le bord intime des rivières.*
2669.	Daniel Boulanger	*Ursacq.*
2670.	Louis Calaferte	*Droit de cité.*
2671.	Pierre Charras	*Marthe jusqu'au soir.*
2672.	Ya Ding	*Le Cercle du Petit Ciel.*
2673.	Joseph Hansen	*Les mouettes volent bas.*
2674.	Agustina Izquierdo	*L'amour pur.*
2675.	Agustina Izquierdo	*Un souvenir indécent.*
2677.	Philippe Labro	*Quinze ans.*
2678.	Stéphane Mallarmé	*Lettres sur la poésie.*
2679.	Philippe Beaussant	*Le biographe.*
2680.	Christian Bobin	*Souveraineté du vide* suivi de *Lettres d'or.*
2681.	Christian Bobin	*Le Très-Bas.*
2682.	Frédéric Boyer	*Des choses idiotes et douces.*
2683.	Remo Forlani	*Valentin tout seul.*

2684. Thierry Jonquet — *Mygale.*
2685. Dominique Rolin — *Deux femmes un soir.*
2686. Isaac Bashevis Singer — *Le certificat.*
2687. Philippe Sollers — *Le Secret.*
2688. Bernard Tirtiaux — *Le passeur de lumière.*
2689. Fénelon — *Les Aventures de Télémaque.*
2690. Robert Bober — *Quoi de neuf sur la guerre ?*
2691. Ray Bradbury — *La baleine de Dublin.*
2692. Didier Daeninckx — *Le der des ders.*
2693. Annie Ernaux — *Journal du dehors.*
2694. Knut Hamsun — *Rosa.*
2695. Yachar Kemal — *Tu écraseras le serpent.*
2696. Joseph Kessel — *La steppe rouge.*
2697. Yukio Mishima — *L'école de la chair.*
2698. Pascal Quignard — *Le nom sur le bout de la langue.*
2699. Jacques Sternberg — *Histoires à mourir de vous.*
2701. Calvin — *Œuvres choisies.*
2702. Milan Kundera — *L'art du roman.*
2703. Milan Kundera — *Les testaments trahis.*
2704. Rachid Boudjedra — *Timimoun.*
2705. Robert Bresson — *Notes sur le cinématographe.*
2706. Raphaël Confiant — *Ravines du devant-jour.*
2707. Robin Cook — *Les mois d'avril sont meurtriers.*
2708. Philippe Djian — *Sotos.*
2710. Gabriel Matzneff — *La prunelle de mes yeux.*
2711. Angelo Rinaldi — *Les jours ne s'en vont pas longtemps.*
2712. Henri Pierre Roché — *Deux Anglaises et le continent.*
2714. Collectif — *Dom Carlos* et autres nouvelles françaises du XVIIe siècle.
2715. François-Marie Banier — *La tête la première.*
2716. Julian Barnes — *Le porc-épic.*
2717. Jean-Paul Demure — *Aix abrupto.*
2718. William Faulkner — *Le gambit du cavalier.*
2719. Pierrette Fleutiaux — *Sauvée !*
2720. Jean Genet — *Un captif amoureux.*
2721. Jean Giono — *Provence.*
2722. Pierre Magnan — *Périple d'un cachalot.*
2723. Félicien Marceau — *La terrasse de Lucrezia.*
2724. Daniel Pennac — *Comme un roman.*

2725.	Joseph Conrad	*L'Agent secret.*
2726.	Jorge Amado	*La terre aux fruits d'or.*
2727.	Karen Blixen	*Ombres sur la prairie.*
2728.	Nicolas Bréhal	*Les corps célestes.*
2729.	Jack Couffer	*Le rat qui rit.*
2730.	Romain Gary	*La danse de Gengis Cohn.*
2731.	André Gide	*Voyage au Congo* suivi de *Le retour du Tchad.*
2733.	Ian McEwan	*L'enfant volé.*
2734.	Jean-Marie Rouart	*Le goût du malheur.*
2735.	Sempé	*Âmes sœurs.*
2736.	Émile Zola	*Lourdes.*
2737.	Louis-Ferdinand Céline	*Féerie pour une autre fois.*
2738.	Henry de Montherlant	*La Rose de sable.*
2739.	Vivant Denon Jean-François de Bastide	*Point de lendemain*, suivi de *La Petite Maison.*
2740.	William Styron	*Le choix de Sophie.*
2741.	Emmanuèle Bernheim	*Sa femme.*
2742.	Maryse Condé	*Les derniers rois mages.*
2743.	Gérard Delteil	*Chili con carne.*
2744.	Édouard Glissant	*Tout-monde.*
2745.	Bernard Lamarche-Vadel	*Vétérinaires.*
2746.	J.M.G. Le Clézio	*Diego et Frida.*
2747.	Jack London	*L'amour de la vie.*
2748.	Bharati Mukherjee	*Jasmine.*
2749.	Jean-Noël Pancrazi	*Le silence des passions.*
2750.	Alina Reyes	*Quand tu aimes, il faut partir.*
2751.	Mika Waltari	*Un inconnu vint à la ferme.*
2752.	Alain Bosquet	*Les solitudes.*
2753.	Jean Daniel	*L'ami anglais.*
2754.	Marguerite Duras	*Écrire.*
2755.	Marguerite Duras	*Outside.*
2756.	Amos Oz	*Mon Michaël.*
2757.	René-Victor Pilhes	*La position de Philidor.*
2758.	Danièle Sallenave	*Les portes de Gubbio.*
2759.	Philippe Sollers	*PARADIS 2.*
2760.	Mustapha Tlili	*La rage aux tripes.*
2761.	Anne Wiazemsky	*Canines.*
2762.	Jules et Edmond de Goncourt	*Manette Salomon.*
2763.	Philippe Beaussant	*Héloïse.*
2764.	Daniel Boulanger	*Les jeux du tour de ville.*

2765. Didier Daeninckx — *En marge.*
2766. Sylvie Germain — *Immensités.*
2767. Witold Gombrowicz — *Journal I (1953-1958).*
2768. Witold Gombrowicz — *Journal II (1959-1969).*
2769. Gustaw Herling — *Un monde à part.*
2770. Hermann Hesse — *Fiançailles.*
2771. Arto Paasilinna — *Le fils du dieu de l'Orage.*
2772. Gilbert Sinoué — *La fille du Nil.*
2773. Charles Williams — *Bye-bye, bayou !*
2774. Avraham B. Yehoshua — *Monsieur Mani.*
2775. Anonyme — *Les Mille et Une Nuits III (contes choisis).*
2776. Jean-Jacques Rousseau — *Les Confessions.*
2777. Pascal — *Les Pensées.*
2778. Lesage — *Gil Blas.*
2779. Victor Hugo — *Les Misérables I.*
2780. Victor Hugo — *Les Misérables II.*
2781. Dostoïevski — *Les Démons (Les Possédés).*
2782. Guy de Maupassant — *Boule de suif* et autres nouvelles.
2783. Guy de Maupassant — *La Maison Tellier. Une partie de campagne* et autres nouvelles.
2784. Witold Gombrowicz — *La pornographie.*
2785. Marcel Aymé — *Le vaurien.*
2786. Louis-Ferdinand Céline — *Entretiens avec le Professeur Y.*
2787. Didier Daeninckx — *Le bourreau et son double.*
2788. Guy Debord — *La Société du Spectacle.*
2789. William Faulkner — *Les larrons.*
2790. Élisabeth Gille — *Le crabe sur la banquette arrière.*
2791. Louis Martin-Chauffier — *L'homme et la bête.*
2792. Kenzaburô Ôé — *Dites-nous comment survivre à notre folie.*
2793. Jacques Réda — *L'herbe des talus.*
2794. Roger Vrigny — *Accident de parcours.*
2795. Blaise Cendrars — *Le Lotissement du ciel.*
2796. Alexandre Pouchkine — *Eugène Onéguine.*
2797. Pierre Assouline — *Simenon.*
2798. Frédéric H. Fajardie — *Bleu de méthylène.*
2799. Diane de Margerie — *La volière* suivi de *Duplicités.*
2800. François Nourissier — *Mauvais genre.*
2801. Jean d'Ormesson — *La Douane de mer.*

2802.	Amos Oz	*Un juste repos.*
2803.	Philip Roth	*Tromperie.*
2804.	Jean-Paul Sartre	*L'engrenage.*
2805.	Jean-Paul Sartre	*Les jeux sont faits.*
2806.	Charles Sorel	*Histoire comique de Francion.*
2807.	Chico Buarque	*Embrouille.*
2808.	Ya Ding	*La jeune fille Tong.*
2809.	Hervé Guibert	*Le Paradis.*
2810.	Martín Luis Guzmán	*L'ombre du Caudillo.*
2811.	Peter Handke	*Essai sur la fatigue.*
2812.	Philippe Labro	*Un début à Paris.*
2813.	Michel Mohrt	*L'ours des Adirondacks.*
2814.	N. Scott Momaday	*La maison de l'aube.*
2815.	Banana Yoshimoto	*Kitchen.*
2816.	Virginia Woolf	*Vers le phare.*
2817.	Honoré de Balzac	*Sarrasine.*
2818.	Alexandre Dumas	*Vingt ans après.*
2819.	Christian Bobin	*L'inespérée.*
2820.	Christian Bobin	*Isabelle Bruges.*
2821.	Louis Calaferte	*C'est la guerre.*
2822.	Louis Calaferte	*Rosa mystica.*
2823.	Jean-Paul Demure	*Découpe sombre.*
2824.	Lawrence Durrell	*L'ombre infinie de César.*
2825.	Mircea Eliade	*Les dix-neuf roses.*
2826.	Roger Grenier	*Le Pierrot noir.*
2827.	David McNeil	*Tous les bars de Zanzibar.*
2828.	René Frégni	*Le voleur d'innocence.*
2829.	Louvet de Couvray	*Les Amours du chevalier de Faublas.*
2830.	James Joyce	*Ulysse.*
2831.	François-Régis Bastide	*L'homme au désir d'amour lointain.*
2832.	Thomas Bernhard	*L'origine.*
2833.	Daniel Boulanger	*Les noces du merle.*
2834.	Michel del Castillo	*Rue des Archives.*
2835.	Pierre Drieu la Rochelle	*Une femme à sa fenêtre.*
2836.	Joseph Kessel	*Dames de Californie.*
2837.	Patrick Mosconi	*La nuit apache.*
2838.	Marguerite Yourcenar	*Conte bleu.*
2839.	Pascal Quignard	*Le sexe et l'effroi.*
2840.	Guy de Maupassant	*L'Inutile Beauté.*
2841.	Kôbô Abé	*Rendez-vous secret.*
2842.	Nicolas Bouvier	*Le poisson-scorpion.*

2843.	Patrick Chamoiseau	*Chemin-d'école.*
2844.	Patrick Chamoiseau	*Antan d'enfance.*
2845.	Philippe Djian	*Assassins.*
2846.	Lawrence Durrell	*Le Carrousel sicilien.*
2847.	Jean-Marie Laclavetine	*Le rouge et le blanc.*
2848.	D.H. Lawrence	*Kangourou.*
2849.	Francine Prose	*Les petits miracles.*
2850.	Jean-Jacques Sempé	*Insondables mystères.*
2851.	Béatrix Beck	*Des accommodements avec le ciel.*
2852.	Herman Melville	*Moby Dick.*
2853.	Jean-Claude Brisville	*Beaumarchais, l'insolent.*
2854.	James Baldwin	*Face à l'homme blanc.*
2855.	James Baldwin	*La prochaine fois, le feu.*
2856.	W.-R. Burnett	*Rien dans les manches.*
2857.	Michel Déon	*Un déjeuner de soleil.*
2858.	Michel Déon	*Le jeune homme vert.*
2859.	Philippe Le Guillou	*Le passage de l'Aulne.*
2860.	Claude Brami	*Mon amie d'enfance.*
2861.	Serge Brussolo	*La moisson d'hiver.*
2862.	René de Ceccatty	*L'accompagnement.*
2863.	Jerome Charyn	*Les filles de Maria.*
2864.	Paule Constant	*La fille du Gobernator.*
2865.	Didier Daeninckx	*Un château en Bohême.*
2866.	Christian Giudicelli	*Quartiers d'Italie.*
2867.	Isabelle Jarry	*L'archange perdu.*
2868.	Marie Nimier	*La caresse.*
2869.	Arto Paasilinna	*La forêt des renards pendus.*
2870.	Jorge Semprun	*L'écriture ou la vie.*

Composition Traitext.
Impression Bussière Camedan Imprimeries
à Saint-Amand (Cher),
le 23 septembre 1996.
Dépôt légal : septembre 1996.
Numéro d'imprimeur : 1/2291.
ISBN 2-07-038859-X./Imprimé en France.

66766